KB271613

타이하르 촐로

빗방울화석 시선 4

타이하르 촐로

손필영 시집

시인의 말

염소, 뿔, 지평선, 야생 구름
하루 종일 달려도 지평선 위의 구릉 하나 넘을 수
없는 초원

하늘과 초원만 보고 지냈다. 내가 기대어온 것들
과 문득 마주쳤다.
한때 나의 실체를 이루어온 것들을 지우려고 모래
바람 속에서 혹독한 시간을 보냈다.

두 번째 시집, 두렵다.
그리고 감사하다.

2012년 초봄

차례

2부

3부

1부

꽃은 인간을 향해

1

불처럼 타오르는 연초록을 향해
염소 양 말 소
지나간다

꽁꽁 울음도 녹여 날리는
들판을 지나간다

한번 지나가면
올라오던 풀은 냄새로 남고

보랏빛 꽃들만 쑤욱 올라와 있다

2

야생 양귀비꽃에 갇혀 발을 디딜 수가 없다
흙먼지 돌개바람도 숨는 골짜기에서

연둣빛에 반사되는 햇살
불탄 낙엽송 기억하듯 뻐꾸기 울음소리
잎 트는 자작나무 따라 햇살 세 줄기 번진다

바위에도 스밀 듯
라벤더 향기, 붓꽃 할미꽃
숨어 핀 6월 진달래

몸도
햇살 쫓아가다
숨만 남아

초봄 2

연초록 융단 같은 초원
아기별꽃 하얗게 번지고

퍽 퍽 풀 뜯는 에미 옆에 누워 자는 망아지, 찰랑
이는 봄빛 따라 껑충거리는 망아지, 자동차에 사람
에 눈 맞추는 망아지, 옆으로 노란 할미꽃이 불쑥불
쑥 올라온다

눈길 따라 내려온
늑대 발자국도 땅속으로 스민다

눈 녹은 물 고랑을 이루다
사행천으로 쏟아진다
구불구불 하라강으로 바이칼로

얼음 박힌 채로
나도, 흘러야 할 곳으로 흐르기 위해 술렁거린다

달려 나가는 벌판

언 강에 핀 얼음꽃,
눈밭에 앉아 기다리는 커다란 검은 새들,
덤벼들 것같이 큰 뿔 번쩍이는 수소들,

올리아스 나무도 강 따라 흐르는 기찻길 옆에서 표정 숨긴 소년을 따라 나섰다. 하얀 벌판, 구릉 너머로 달려가는 하얀 벌판, 메에에 흩어진 구릉 모으는 새끼 양들의 울음소리, 그 소리에 붙은 송아지, 울타리 밖을 서성이는 젖이 불은 에미 양들. 뼛속까지 한기 스민다.
어둔 겔* 안에는 태어나 첫 하루를 맞는 새끼 염소, 기어오르려고 빠드득거린다. 목부가 수태차를 권하는 동안 안겨서 손을 빤다. 소년은 학교가 있는 마을에서 엄마와 지낸다고, 아버지와 아들이 일렁이는 침묵

붉은 하늘에 안겨 어미 양이 뛰는 대로 넘어질 듯 새끼 양이 쫓아간다. 소년이 느린 말소리로 눈밭을

둘러둘러 마을을 불러왔다. 긴 나무 그림자, 구릉
능선 사이로 사라지는 낮 기운.

　벌판이 칼바람으로 달려 나간다, 그 안에 초원이
있는 것처럼

<hr>

*몽골인이 주거하는 작은 원통 형태의 공간으로 이동이 용이하다. 나무로
골격을 세우고 양털로 만든 펠트를 씌운다. 국립국어원의 『표준국어대사
전』에 따르면 '게르'이지만, 시의 리듬상 '겔'로 표기한다.

사원의 아이

붉은 담 길게 두르고 붉은 유리 기와 얹은 절집*
본전 뒤 기다란 법당 두 개, 요사채를 차지한
검은 새들 쉬지 않고 짖어댄다

빛 새지 않아 움츠렸던 법당 안에서
붉은 가사를 걸친 아이들이 술래잡기를 한다
검고 음습한 궤 밑으로 불상 옆으로 몸을 감춘다
이름 맞추다 깊이 숨다 다시 모였다
술래가 합장한 손들 중에 작은 씨앗을 흘린다

절 마당에서 남자가 들어와 아이 하나를 데리고
나간다
남자의 눈길이 부드럽다, 멀리서 온 듯
이야기가 길어질수록 아이는 깊게 고개를 떨군다
그리운 이름을 들었니?
온 길로 돌아가고 싶니?

얼음 녹인 햇빛이 다리 엉성한 망아지 궁둥짝에

붙는다
  눈도 맞추지 못할 작은 분홍 꽃 무더기 절집을 두
른다

*몽골의 삼대 사원 중 하나인 아마르바야스갈란트 히드(사원)는 종교 탄
압에서 자유로워 비교적 예전의 모습을 지니고 있다. 평안과 즐거움을
바로 세운다는 뜻을 가진 이 절은 종교·정치 일원 체제에서 처음으로
벅뜨칸에 오른 자나바자르에게 바쳐진 절이다.

고비초원 1

1

풀, 구름, 반짝이는 돌조각

초원은 길게 달려도 둥그렇게 물러났다 둥그렇게
마주 온다.
희고 누런 양 떼들도 둥그렇게 둘러서서 풀을 뜯
는다.
지평선 날리던 말 떼들 달려와 길을 막아선다.

푸르스름한 서편 하늘에 초승달이 내려왔다. 바
로 옆엔 화성, 가장 가까운 별을 놓치고 돌아온 빛,
지상의 빛은 어디에서 오는지? 내가 오기 전부터
오기 시작한 빛은 눈이 젖은 말 떼들 돌려보내고 오
글오글 양 떼들 돌려보낸다. 층층이 하늘로 올라가
는 푸른 지평선

2

겔이 태어나는 사이

어둠 끌고 내려온 지평선. 북두칠성, 오리온, 반구형으로 흐르는 별무리 은하수. 여기 저기 반짝이며 길게 사라지는 빛줄기들

어둠에 안긴 하얀 겔

밤새 날아와 퍼득거리며 겔을 쓰다듬던 바람은 새벽 구름이 붉게 피기 전에 멀찍이 물러간다. 휘갈기며 쓰다듬는 대로 밤을 보낸다면 어릴 적부터 내 뒤에 숨었던 아이도 지평선을 향해 걸어 나갈 수 있을까?
올라간 하늘 위로 새털구름 길게 날아간다.

고비초원 2

붉은빛 비스듬히 다가와
바위에 박히자 드러내는
삭아가는 사슴뿔
둥근 산양뿔
(사람이 죽으면 사슴으로 돌아온다고?)

늑대 한 마리 멀리 돌아간다
절벽 끝에서
들판을 향해
우우우 부드럽게 울부짖는다
건너편 굴속에 아직 자고 있을
수컷에게
품 떠난 새끼들에게

촉촉한 아침 풀 일어나고
말 떼들 지나간다

하얀 겔도 피어나고

지평선도 제자리에 돌아와 있다

다가가면 다가갈수록, 만추치리

벅뜨항 산 삼나무 숲으로 들어서면 만추치리
다가가면 다가갈수록
흙내 바람 내에 마음이 흔들리는 만추치리

미소 지운 소녀가 박물관 문을 열어준다. 유리 진
열대엔 어린아이의 촉루*와 소녀의 넓적다리 뼈로
만든 피리가 작은 징과 어울려 있다. 무언가를 부르
고 보내는 소리. 아, 이곳에 살았던 사람들은 무엇
에 기대어 있다가 흙바람처럼 몰려온 이념**에 총
칼에 흩어진 걸까, 부서진 흙벽, 기둥만 남은 사원,
봄빛 감는 흙바람

만추치리,
다가가면 다가갈수록
볼이 언 소녀만 남는다

* 해골.
** 1937년에 시작된 사회주의의 종교 탄압.

흐르는 흙덩이

1

입김 뿌연 아침 열고 오른 남행 기차,
세트장 같은 몇 개의 소도시와 사람들 노을처럼
스치고
어둠 짙어 밤공기 시린 모래도시 생샹드,

별빛 따라 사막 가운데로 달렸다
자정도 지운 겔은 장작불 소리로 훈훈하다
구릉 넘어 달려온 길도 문 앞에 걸려 있다
옷 위에 옷 걸치고 침낭 속으로 쪼그라든 잠을 넣
었다

2

환풍구 사이로 새소리, 먼 산 넘어 달려오는 해를
마중 나샀나,
순식간에 떠오른 하루

모래 바람에 싸여 하므린 히드*주변을 서성인다.
어워** 주위를 돌던 까마귀들 눈치보다 돌아간다,
살 오른 비둘기 떼들. 풍화된 바위 밑으로 조그만
동굴 몇 개, 담징라브자가 수행했다고? 아래로 흙
덩이. "선인이나 악인이나 끝까지 복을 누리라"고?
먼지가 된 사람을 미리 봤을까?

붉은 흙 타고 올라오는 기운, 벽에 그려진 담징라
브자 눈,
　마른 물길 따라 마른 채로 버티고 서 있는 벚나무들

사람들이 흙구멍으로 대지의 문처럼 들어갔다 나
온다. 마른 나무에 새싹 피워보면서, 흔들리면서 부
축하면서.
　나는 구릉인 줄 모르고 흙덩이 위로 올라간다, 사
람들 두고 간 흔적들 날리고 끝없이 흙덩이가 흘러
간다.

* 돈드(동쪽)고비(사막) 아이막(도청소재지)인 생샹드에서 한 시간 가량 떨어진 모래사막 한가운데에 있는 사찰이다. 사막의 성자라는 담징라브자가 이곳에서 많은 사람을 치료하고 교화시켰다. 그가 거처했던 곳 중심에 '에너지 센터'가 있고 그의 희곡과 시는 여전히 공연되고 애송되고 있다.
** 나무나 대에 푸른 긴 천을 묶은 일종의 성황당으로 이곳을 돌며 소원을 빈다. 또한 길 표시가 되기도 한다.

바잉보르트 가는 날

빈 좌석이 없는
3등석 기차

맞은편엔
러시아 국경까지 올라간다는 처녀가
아기를 어르며 비스킷을 자꾸 권한다.
40년 동안 철로를 달렸다는
시를 좋아하는 을지 할아버지는
코담배를 내밀고

차창 밖은 영하,
눈 덮인 산들이 다가올 때까지
별 이야기 없이
눈이 마주칠 때마다 웃다가

구름이 눈앞에 걸려 날아다니고
하라 강이 굽이굽이 돌아 흘러가자
할아버지가 불쑥 말을 건넨다

솔롱고스*는 여기 보다 따뜻한데…
추운데 조심하라고
산 능선 보고 세 정거장 뒤에 내리라고

기차 문까지 따라 나와
손을 흔든다.
서리 낀 유리창으로 아기도 아기 고모도 손을 흔
든다.
주위의 냉기가 기차 꼬리 따라 멀리 물러선다
푸르스름한 안개 걷고
말도 입김 뿜으며
얼굴을 내밀 것 같다.

*몽골어로 한국을 의미한다.

타이하르 촐로[*]

하얀 자작나무 숲을 지나
황야, 소리도 지운
비 내리고 사이사이 햇빛 내린다

몰려오는 먹구름 밑으로 불쑥 솟아나는 큰 바위,

낙타 탄 소년들이 묻는다
무얼 찾느냐고
오래된 그림이냐고

낡은 3층 건물처럼 높고 구석 깊은 바위를 돌다
소년들이 이끈 곳은
은빛 총알 하나, 작은 틈에
언제였는지, 작은 틈에
모래에 바람에 날아가지 않는 비밀

바위를 다시 한 번 돌아 나오자
"사란, 죽을 때까지 사랑해"

생명에 새긴 사랑의 서약이 돋아 나온다
(오, 눈부신 사랑! 저 서약이 인류를 지탱해온 것
일까)

소년들은 떨리는 제 숨결을
지평선으로 우주로 쏘아 보낸다

타이하르 촐로, 사랑이 약속이 시작되는 곳

* 아르항가이 체체를륵 솜('군'에 해당하는 몽골의 행정구역 단위) 주변에
있는 거대한 바위. 칭기즈칸의 전설부터 최근의 역사적 기록까지 새겨져
있다. 꼭대기로 올라가는 길은 보이지 않으나 아래부터 위까지 구석구석
글이 새겨져 있다.

울란바토르 겨울

1

겔 촌 연기가 밀봉한 매캐한 저녁, 텅 빈 거리엔
얼음 낀 허기가 스민다. 쓰레기를 가운데 두고 두
사내가 싸운다. 한 사내가 일방적으로 맞고 있다.
구역을 침범한 모양이다.

주먹질을 지나 지하 난방관으로 누군가 들어가는
사이, 다리 위에 연인들은 헤어지다 얼굴을 마주하
고 다시 마주하고, 영하 이십 도 바람도 불탄다.

2

며칠 만에 쓰레기차가 들어와 마을이 비었다
마을 사람들은
빠진 목 집어넣고
방한복 대신 보드카에 취해
구릉 넘어 앞서 달리는 마음 따라

하치장으로 달려간 모양이다

구릉 밑 마을에 남겨진
아이들, 얼음 깨뜨려
겔 속 난로 위에 얹어 녹인다

얼음바람, 투명해지는 진한 하늘,
살아 있는 햇살, 연이은 흰 구릉,

몰려다니는 아이들 웃음소리 높이 퍼진다
쏟아지는 빛줄기 그 위로

울음소리도 없이 늑대는

밀려오는 연초록 기운
하얗게 언 사행천은 하얗게 구불거리고

도시를 안고 있는, 몇 겹의 꽃잎처럼
피어나는 봄 구릉, 먼지 쓴 겔 촌에
햇빛 받아
볼이 빨간 아들, 늙은 어머니와 마주 앉아
커다란 늑대 살점을 긁아내고 있다

흡스굴에서
날리는 눈발 바라보던
늑대, 그 눈밭에서 쫓기다
울음소리도 없이 늑대는
새끼들도 암컷도 바위 속에 남겨두고
가죽으로 떠나왔다.

처음 만난 이를 위해 내온 수태차
먼지바람 사이로

봄 햇빛 가물거린다

기도

구름 끝에 연둣빛, 분홍빛 달려나오는데
연한 능선 끝으로 밀고 나오는 연둣빛
달리던 타히*들은
둥그런 배 더 부풀리듯 물을 마시고
등을 쓰다듬는 봄빛

물 마시고 구릉을 오르는 사슴 떼
구불 구릉 구불 구릉
디어스톤**에 들어가
큰 뿔로 남았다가
다시 능선을 달리는 사슴 떼

천년 빛에 감긴 흙바람에 쓸리는 대로
소리치는
석인상***에 숨은 사람들은
아무것도 없지만
아무것으로 가득 찬 구릉진 벌판에서
하늘 무한히 열어놓는다

* 몽골의 야생말. 목은 짧고 가슴이 넓다. 몸빛은 밝고 누런 모래 빛이 난다.
** 사슴돌. 맨 위에는 해와 달을, 그 밑으로 날렵하고 웅장한 사슴뿔을 새
   긴 돌이다. 사슴에 대한 토템 의식과 관련이 있다.
*** 돌궐 시대 것으로 보이는 석인상(石人像) 580기 정도가 벌판 한가운
   데 늘어 서 있다. 돌궐인들은 묘 앞에 생전에 죽인 적군의 숫자만큼의
   석인상을 늘어놓았다고 한다.

하얀 달래 밭에서 1

말을 타고 언제부터 달려왔을까?
하얀 달래 밭 천지에서

햇볕이 태우고 바람이 조각한 청년이 말에서 내
린다
온몸에 숨겨 넣은 미소가 새어 나온다
흙을 막 뚫고 올라온 듯한 기운
수줍은 말소리

허리 굵은
내 소녀가
넘어온 지평선을 지우고
말의 이름과 나이를 묻는다

꼬리 흔들지 않고 세 살 우레는
뒷다리를 꼰 채 우리를 바라보고 있다

바람이 불어오는 동안

쌉쌀한 허브 향이 스며든다

기념사진을 찍어본다
누군가 그의 팔을 소녀의 어깨에 걸친다
그의 손은 마음을 감춘 듯 오그리고
그의 마음을 따라 흐르던 어깨 위에서
지평선이 떠오른다

지평선을 몇 번 바꾸어도
달래 밭 따라 말발굽 소리가 울려온다

초겨울의 블루초원*에서

흰 눈, 눈, 눈밭을 걸어간다. 소들은 눈 덮인 마지
막 풀을 뜯느라 고개를 들지 않는다, 푹푹 발 빠뜨
리며 다가가면 돌아선다. 줄 서서 돌아간다. 한 마
리, 멀리 움머거리며 반대쪽으로 움직인다. 겁도 없
이 눈밭을 가로질러 한참 웅크리고 있다. 솟아오르
는 샘물, 한 마리, 물 마시고 먼 곳으로 움머거리다
눈 속으로 사라져간다

물러난 지평선도 지운 눈밭
작은 새 발자국들 가늘게 흐르고
나는 그 사이에 누워본다,
물기 마른 눈,
구름에 안긴 걸까?

혼자일 때 늑대들이 둘러싼다는데, 벌떡 일어나
걸어가자, 얼굴만 하얀 검은 소가 다가왔다.

*칭기즈칸이 아내를 되찾아 전쟁을 끝내고 돌아갔다는 몽러 국경 가까이
 에 있는 대평원.

몽골 일기 1

눈 속에서

미끄러운 겨울 길,
모퉁이 돌면 뒤집힌 자동차들
비탈에 선 나무들

어젯밤 무슨 말을 했지? 말 사이 침묵도 모르면서
처음 본 사람들과 어울려 멀리 왔다. 혼자서도 모
여 살 줄 모르면서

국경 강줄기도 러시아도
미세한 눈가루에 지워졌다,
땅도 허공

마른가지에 걸어둔 말 머리
흔적을 지우고 돌아가는 바람,

정밀한 순간
눈 속,
눈사람이 스친다

몽골 일기 2
침묵의 도시와 검은 새

펄펄 날리던 눈발이 산동네에 이르자 펑펑
구릉 위 판잣집은 지워지고 널판지에 갇힌 겔만
하얗게 피어난다.

산동네, 바잉허쇼

눈발에 섞여 파란 리본에 매달린 공동묘지 문을
열고 들어선다. 누구나 가는 곳이지만 누구나 갈 것
같지 않아 잊고 사는 곳. 나보다 늦게 태어나서 벌
써 그 도시의 일원이 되어버린 사람들도 많아, 굳어
버린 개들도. 푸른 줄로 비석을 묶어둔 이유는 푸른
꿈을 꾸던 이들이라는 얘기? 사는 게 행복한지 이
곳에 누워 있는 것이 행복한지 막 청춘인 아이가 물
어본다. 아무래도 사는 게 낫지? 감각을 갖는 즐거
움은 영원 속에서 딱 한 번이잖아?

검은 새는 독수리처럼 크고 배가 둥글다.
검은 새도 흰 눈 맞고 둥그렇게 난다.

공동묘지와 마주하는 구릉엔 둥근 겔과 판잣집이 꼭대기를 향해 기어 올라가고 있다. 공동 물집은 물통 들고 나온 사람들로 붐비고. 잔등에 눈발 하얗게 얹은 개들도 덩달아 바쁘다. 멀리 핫득*이 푸르게 날린다

* 축복을 의미하는 긴 천. 흰색이나 푸른색이 많다. 특히 신성한 곳이나 어워(몽골의 성황당)에 걸어둔다.

몽골 일기 3

구릉 날리는 눈발
영하 15도, 아직은 초겨울
쌀쌀 돌아다니는 개가 되지 못한 강아지.
울란바토르 1구역 도로 옆에 죽은 강아지.

굳어가는 내 안으로
우름* 같은 눈발 젖어든다
8** 201011 231507
탄생 전부터 정해진
생명붙이들에게 부여된 시간

염소도 양들도 소들도 사람도

흙은 흙으로
빛은 빛으로
무한히 흘러가리라

* 가축의 젖을 끓여 만든 부드러운 유제품.
** 바코드 숫자 13자리 중 첫 세 자리는 국가번호인데 몽골은 865이고 우
  리나라는 880이므로 첫 번째 8을 빌려왔다.

몽골 일기 4

평양식당에서

가늘게 날리던 눈발, 햇빛에 녹아 빗물 되고
반짝 쏟아지는 햇빛, 구름에 가려 내려앉는다.

칭기즈칸 동상에 안긴 광장 옆 습기 찬 골목엔 상
호도 보이지 않는 평양식당, 캄캄한 문을 밀면 귀에
익은 노래가 조용하게 반긴다, 아. 두만강 건너온
처녀들. 살랑이는 하늬바람. 편안한 억양으로 자리
를 안내한다. 벽면마다 눈 쓴 소나무, 거대한 절벽,
샘 솟는 자작나무 숲이 강렬하게 걸려 있다. 카운터
는 비워두고 속삭이며 발 친 주방 안으로 들어가는
처녀들.
  델* 입은 할머니와 대가족이 한가운데로 자리 잡
고, 덩치 큰 남자들은 병풍 안에서 음식에 밀담을
나누어 섞는나. 처녀들은 부를 때마다 향긋하게 다
가오시만 고비사막에 나무를 심거나 바람 타고 황
야를 달리려는 우리에겐 눈빛을 주지 않는다. 동태
전골 온면을 뜨겁게 먹어도 뒷목이 뻣뻣하고 허기
진다.

*몽골 전통 옷. 두루마기 같다.

몽골 일기 5

시내 어디에서나 차를 기다릴 땐 모래 섞인 얼음
에 절였다가 자동차가 멈춰주는 대로* 기어서 안으
로 들어간다, 그날도 기어 들어가 얼음 박힌 몽골어
로 숙소를 말하자 운전하는 아저씨가 부드럽게 인
사를 건넨다, 의정부 가구 공장에서 칠 년간 있었다
고, 다시 가고 싶다고, 김치를 좋아한다고.

그날 아저씨는 자이승** 근처 공장에서 일하는 북
한 아가씨들에게 김치를 사다주었다고, 삼교대로
시장 갈 시간이 없어 아저씨가 배달해준다고. 남쪽,
북쪽, 왕래하듯 그는 전화를 걸어 소개를 하고는 바
꿔준다.

무슨 말을 할까?
그녀는 가만있다 말없이,
전화를 끊는다
우리는 침묵으로 내통한 걸까?

이국에서도 우리는 이방인보다 외롭다, 바람 소

리 흩어진다.

*몽골에서는 개인 자가용도 영업을 할 수 있다.
**벅뜨항 산 밑에 있는 전쟁 기념 승전탑. 그 앞에 이태준 기념관이 있
다. 오른편에 북한 전쟁고아 수용소가 있었다고 한다.

몽골 일기 6
북한대사관 앞에서

　가로수 깊게 그늘진 도로와 몽골 보건성 사이, 보
초도 없이 문도 벽같이 둘러친 북한대사관. 창문 안
은 두꺼운 커튼으로 봉해 있다. 가로수 옆에 붙은
게양대엔 늘어진 인공기. 여름인데 마른 나무, 그
가지 두른 담을 돌아 보건성 계단에서 마당 안을 들
여다본다, 화단 없는 시멘트 바닥, 담 밖 자동차에
인파에 밀리는 소리는 흔적도 침입하지 못한다.
　어디선가 남자가 나타나 쳐다본다, 온몸이 굳어
졌다. 도로로 나오자, 삐이 소리에 문이 밀리고 몽
골 여인들보다 작은 중년 여인 둘이 나온다. 기다렸
다는 듯 달려온 택시를 탄다. 어디로 갔을까? 생각
하는 사이 지나가는 차에서 누군가 물총을 쐈다. 얼
굴에 흐르는 미지근한 물줄기. 며칠 뒤 국영 백화점
에서 그 여인들, 바로 앞에서 가방 고쳐 메는 사이
사라져버렸다.

　핏기 없는 얼굴들 다가왔다, 숨소리도 없이

몽골 일기 7

샤링걸에서

석탄과 금이 나온다는
노란 강, 샤링걸
러시아 사람들이 살다간
아파트도 껍데기만 남아 있다.

한 가족이라도 불러들이려고
웬 사람이 얼음 땅을 파고 있다.
매일 30센티씩 파 내려간 구덩이는
한여름도 파리도 냄새도 묻을 지경

헤어질 때
그의 눈에 살짝 스치는
물기 머금은 구름 한 조각
털이 긴 소들은
목 구부리고 땅만 바라보고

아무래도 저녁은 노을을 받아
피어나겠지만

그에겐 아이들 우는 소리에 깊어지는
밤이 먼저 오겠지

몽골 일기 8

벅뜨항* 산

동쪽에서 날아오는 햇빛

눈 덮은 벅뜨항 산기운이 반짝
철길 건너
나랑톨 시장까지 내려온다

지하 난방관에서 나온 작은 아이들
입장료 받으려고 내민 손 밑으로 들어가
물건 나르고 차 닦는 곳,
들어온 사람들 밀려다니고
검은 새들도 발 디딜 곳 찾아
집 앞 옥상으로 날아와 눈 알갱이 쪼아댄다

자동차 경적에 감긴 회색빛

저녁 하늘에 싸여 벅뜨항 능선들이
날카롭게 살아 오르는 사이
얼어붙은 시장 사람들

노을에 젖어 잠시 환하다

달러 달러, 가요 가요.
갈 듯 갈 듯 가지 않는 승합차 차장
목소리 커지는 대로 먼지처럼
어두움이 거리를 덮는다

벅뜨항이 뿌옇게 눈 젖어 있는 사이
별빛 하늘 둥글게 열린다

몽골 일기 9
13구역의 3월

허공에 산 능선 그었던 눈도 사라졌다. 검은 새들
도 유영하고 짙푸르게 얼었던 구름도 녹아 흐른다.
건물 사이 묻혀 있던 겔도, 나랑톨 시장 둘러싼 컨
테이너들도, 눈 털고 모습을 드러냈다. 언 공기도
흐르기 시작한다.

방 안 깊숙이 햇살
들어와 서성거리다, 빛 조각 떨어뜨린다

사람들 흘러가겠지? 초원에 누워 하늘을 끌어 덮
겠지?
지평선도 피어오르고? 백일을 기다리라고? 조드*
를 조심하라고?

겔 연통에서 연기 올라도 차 막히면 도로 위로 올라
가 달리는 사람처럼 달근달근 봄으로 흐르고 싶다.

*3월과 4월에 닥치는 극심한 가뭄과 한파로 가축이 떼로 굶거나 얼어 죽
는 재앙을 말한다. 그 추위로 사람들도 죽는 경우가 있다.

몽골 일기 10

오월에도 눈이 내린다
폭풍 몰아치고
건너편 길 위엔 작은 겔이
놓여 있다, 며칠 사이에
누군가 등짐 벗어놓은 것처럼
주저앉은 겔로 몰아치는
거리 먼지들, 눈발들

해 뜨고 질 때마다 노을 타는
창문 열고 하늘과 허공으로 우유 튕기던*
건너편 8층 여인은
눈발 사이에 무엇을 넣었을까

지평선에 기대던 이들
높이 올라선 가름대 위에서
어디에 기대고 있을까

어두워오는 사방에 불 꺼진 건물들

* 차츨 또는 차찰(배천(拜天). 하늘에 절함)이라고 한다. 약지로 술이나 우유
  를 하늘에 세 번 뿌리는 축복 의식이다.

2부

지리산을

초여름 물안개가 올라갑니다,

  그때 오래전 한 시인이 물길에 휩쓸렸다던 뱀사
골에서 당신을 처음 봅니다, 산사태 흔적을 간간히
지나 당신을 느껴봅니다, 두려웠습니다, 당신은.
  안개 걷히고 빗속에 서 있는 당신은 순결한 입김
처럼 다가왔습니다. 그 후 노고단으로 실상사로 반
야봉으로 이름 모르는 들판을 가로질러 당신이 내
려오는 자락으로 기웃거렸습니다, 하동 들녘에서,
섬진강에서 당신은 어머니처럼 품이 넓었습니다,
당신에게 안기려고 새와 나무와 바위와 같이 오르
내렸습니다. 당신 품에서 콘크리트 숲으로 돌아오
면 조금씩 가벼워지는 내가 기다리고 있었습니다.
  자욱하게 안개 가린 날 당신에게서 매운 기운이
번져 나왔습니다, 이 기슭, 저 기슭, 비트, 루트, 버
려진 밥숟갈 같은 목숨들이 뒹굴었던 계곡, 대숲,
이현상. 아, 당신이 오랫동안 묻어둔 것이 보이기
시작했습니다. 자세히 보니 당신 몸엔 온통 그들이

찍혀 있었습니다. 당신은 죽을 수 없어, 몸을 지우
고 살았던 자들의 지리산이었습니다.

　높고 맑은 산을 오르려는 자 밀어내고
　덕유산으로 오대산으로 오르는 자
　길들이는 지리산이여
　핏빛
　백두산으로
　은빛으로 솟구쳐 오르시라

온정역을 지나며

어딜 봐도 똑같이 찍어낸 아침 풍경,
숨은 집 숨은 굴뚝에서 숨은 연기 오른다

춘원 이광수도 현진건도 온정역에 내려
연기 따라 올라오는 아침 빛을 보며
금강산에 올랐으리라,

멀리 자전거 타고 가는 사람들
깃발 앞세워 줄지어 가는 사람들
붉은 보자기 두르고 종종종 학교 가는 아이들
남쪽 관광버스에 놀라
낡고 빛바랜 보따리 논둑길에 던져두고
재빨리 몸 숨기는 여인들

그 여인들 품속으로 금강산 일만 이천 봉이 사라
진다

한 몸, 두 영혼

대낮의 태양 빛을 덮으려는 듯
찬가로 영가로 흐느적거리는 소리
붉은 민둥산 쓸고 내려온 북쪽 바람에
언뜻언뜻 봄바람도
스러지는 개성 시가지, 선죽교

선죽교에는 아직도 피가 흐른다

길 건너 인민들이 뿜어내는 푸석한 공기에서도,
조그맣게 흔들리는 할머니 손끝에서도, 남쪽 버스
를 향해 뛰어오는 아이들 때꼽재기에서도 흐르지
않고 임진강 건너 도라산 역으로 돌아오면 흔들어
대는 푸른 나뭇가지에서도, 작은 풀꽃 밑에서도, 제
멋대로 흘러가는 구름에서도 흐르지 않고

그대의 피, 우리의 피가 함께 휘도는 몸,
돌아서면 달아나 버리는
그대는 멈추어 달리고, 우리는 달리고 달려

찢어지는 몸,

선죽교에는 아직도 피가 흐른다

만물상 앞에서

봄바람에 살랑이는 사월
붉은 미인송 따라 온정리 고개를 넘으면 만물상

동해 기운 쓰고 외금강 꼭대기에서 내리부는
금강내기*, 진달래, 봉오리들

망설이는 나를 거세게 몰아대는 골바람

토끼, 멧돼지, 촛대 같은 바위
멧돼지가 토끼를 잡으려 달려 나가고 막 올라온
형상을 막아선다
내 안에 살아왔던 물상들이 한꺼번에 뛰쳐나와
서로 앞지르고 엉켜 서 있다

바람 막고 바람 피해 귀면암 앞에 서본다
가면을 벗어봐도 사람은 보이지 않는다
물상이 물상을 기다린다

* 금강산에 부는 바람.

바람의 말
호식총(虎食塚)에서

당골에서 천제단으로 오르는
반재 삼거리 그 아래
산그늘에 한기 배어오는 옹달샘 옆에
시루 덮인 호식총 하나

호랑이에게 먹히면
저 대신 갇힐 영혼을 찾아야
지상을 떠날 수 있다고
바람이 말을 한다

배고픈 사람도
나무하러 온 사람도
범이 범할 수 없는 영혼으로 떠났다고

높은 땅으로 오르려는 나는
가둘 영혼이 없어 지나칠 수 있다고
바람이 말을 한다

귀에 아집 달고
무엇이든 양손에 움켜쥐고 오르는 자여

말바위* 능선에서

단풍이 내려와 머무는 시월 하순에는
뾰죽 뾰죽 솔잎도
부드럽게 산길을 열어두고
동소문에서 숙정문으로 백악(白岳)을 기다린다

삼각산 꼭대기에서 내려온 바람 타고
구석구석 집들이 하얗게 날아가는 동안
내 집 네 집도 노래하는 새처럼 날아가고
사방엔 빛이 뿌려진다

아득하게 흰 구름 오르는 하늘 밑으로
침처럼 솟은 빌딩들도 엎드려
서늘한 기운을 내쉰다

숨었던 꿈 붉게 타는 시월 하순에는
우리가 잠시 사는 이곳도
소리가 지워지고 번 곳이 된다

* 경복궁, 창덕궁, 창경궁 등을 둘러싼 성벽을 이루는 백악산 중턱에 있는
바위.

바우덕이 무덤

삼정맥 분기점을 지나
금북정맥을 타고 가다
서운산에 이르자
바우덕이가 어른거린다.

불당골에서
새싹 튼 몸 밀고 나와
땡볕 피해 장마 피해 떼루떼루 인형 놀리다가
도토리 떨어지는 가을,
굴러굴러 겨울로 돌아오던 남사당패,
짐 싸고 풀 때마다 무슨 생각을 바꿔 넣었을까?

(어름산이* 바우덕이는
지평선 위에서도 아슬아슬 출렁이다
죽어서도 물가에서 물줄기**를 탄다)

냇가 조그마한 언덕에 자리 잡은 무덤에는
흰 싸리 활짝 폈다 저 혼자 사라진다.

이 땅의 여자에 대해서는 말 안하고
이 땅의 기예에 대해서는 말 안하고
이 땅의 가난에 대해서는 말 안하고

* 줄타기 재주를 부리는 광대를 일컫는다.
** 바우덕이의 유언에 따라 그녀는 서운산 기슭 냇가에 묻혔다.

다락골 줄무덤*

포도청을 울리는 사또의 호령 소리에도
사진기는 돌아가서
머리 풀린 사형수들을 찍고 있습니다

찢어진 몸, 피 터지는 뱃속에서
뜨거움이 목까지 치밀어 오르는 사이에도

빛 없이 찍고 있습니다
젖먹이 같은 숨결 죽일 수 없어
몸을 죽이기로 한 사람들을

한철 울다 두고 간
무덤들 날개처럼 남았습니다

* 오서산 기슭의 다락골에 있는 무명 순교자들의 무덤. 병인박해로 홍주
  감영에서 순교한 사람들을 밤에 몰래 옮겨 매장했다고 한다.

간벌

  먼 나무들 새움 감아 푸른 꿈을 꾸는 동안 산등성
이에는 뿌리 잘린 나무들이 줄지어 누워 있다. 앵앵
소리 산 밑까지 덮는다. 하얗게 질려 있다 산을 흔
들고 쓰러지는 나무들.

  양지 바른 봉황사* 날리고 마을 잡아 흔들던 이가
대신 들어앉은 봉분, 얼굴 잃은 망부석에도 봄바람
이 스친다

보광산
산기운은 길게 누운 나무 밀어내야
상처로 살아내는 인간처럼
봄빛이 드는가?

양지쪽 햇살에도 그늘이 서려 있다.

* 보광산에 있는 고려 시대 절 터. 지금은 대웅전 터에 무덤이 들어섰으나
  9층 석탑은 남아 있다. 명당 터라 조선 시대 세도가인 관찰사의 후손들
  이 절을 엎고 무덤으로 조성했다고 한다.

낙가산*을 찾아

잊은 줄 알았다, 아들 하나 살리기 위해 아홉 딸
들을 죽게 한 어미**를, 상당산성을 돌아 걷는 동안
에. 출렁다리에서 흔들리다가 멀리 봉수대***를 댕
겨 뜨거운 불길에 휩싸인다.
 딸은 남의 집 배메기? 심장을 두들기는 말이 안성
에서 청주에서 마을에서 뒷산에서 올라와 이 땅의
유전자처럼 정맥을 타고 흐른다

언젠가는 바다로 흘러들겠지만
맨땅도 흔들리는 나는
흔들리지 않기 위해 무덤을 옆에 두고 걸어간다

해그림자 늘어지자 낙가봉에서 부는 바람 타고
능선을 가로지른 까마귀 나를 덮는다

* 것대봉. 사람들이 이곳에서 행글라이더를 타고 뛰어내려 바람에 실려 날
다 아래로 내려간다.
** 구녀산성에는 한 어머니의 외아들과 아홉 딸이 목숨을 건 내기 전설이
있다. 아들은 나막신을 신고 서울 갔다 오고 딸들은 산 위에 성을 쌓는
내기나. 산성이 완성될 즈음에 아들을 위해 이미니기 팥죽을 끓어 딸들
을 먹일 때 나막신을 신은 아들이 돌아와 딸들이 산성에서 뛰어내려 죽
었다고 한다.
*** 낮에는 연기로 밤에는 횃불로 병란이나 사변을 알리는 통신 시설이었
다. 이인좌의 난이 일어났을 때 사랑하는 여인이 반란군에 죽임을 당하
자 연인은 그 시체를 봉수대에 넣고 태워 반란을 중앙에 알렸다는 이야
기가 전해진다.

칠장산[*], 초가을, 4시

초가을 햇살은 4시쯤 걸렸다가 산 그림자 따라 안
성 들녘으로 저물어 들겠다

절 초입으로 날아다니는 산새들,
산 중턱까지 날아오르는 까치들,

정맥이 아니어도 올랐을까? 새소리 물소리 바람
소리 잠시 쌓이다가 흩어진다. 일곱 악인을 계도하
여 칠현사^{**}라는데. 악인은 누구? 현인은? 어디에
서 갈라지는가. 산새가 집새로 날아다니는 칠장산
에서 분기점을 찾다 살아온 대로 살아온 이들이 어
느 날 길을 바꾸어 바다로, 산 위 산으로 내려가겠
다. 구름을 가르는 전투기 소리에 서남쪽 하늘은 시
월을 기다리며 깊어진다

칠장사를 거쳐 가면
흘러온 산길 비로소 평지로 열리겠다

* 속리산 천황봉에서 갈라져 온 한남금북정맥이 다시 한남정맥과 금북정맥으로 갈라지는 분기점이 있다.
** 칠장사의 다른 이름. 조선 시대 명종(1560년경) 때에 생불로 추앙받았던 칠장사 주지 스님인 병해대사가 입적하자 임꺽정은 스승을 위해 목불(꺽정불)을 조성하였는데 지금까지 보전되고 있다.

내려온 능선

시루산을 오르면서

일월에 문득 찾아온 봄빛에 버들강아지는 미리
움 벌고, 평지 찾아 떠난 사람 기억하듯
계곡은 소리 내어 흐른다, 막다른 골짜기엔 마구
쏟아진 밤 잎, 참나무 잎, 바람 밀고 능선이 내려온
다. 두 마을, 두 길, 늘어진 겨울 벗고 달려온다.

박새들 햇살 쪼아 내리는 동안
아득히 천왕봉 따라 대간이 출렁이고
그 뜨거운 물결을 받아
한남금북정맥도 일행들도 일렁인다

우리 일행들 사이사이에도 봄빛이 흐른다

느티나무가 가리키는 곳으로

은빛으로 반짝이는 금광 저수지, 그 빛에 섞여보려고 저수지 주변을 서성인다. 가을볕에 붙어 퍼지는 까마귀 울음소리도 빛을 띤다, 오래된 느티나무 두 그루. 모아지지 않는 발길처럼, 나무들이 가리키는 건너편은 가지 벌린 감나무가 골목 입구를 지키고 있다. 한 시인*이 살았던 곳. 조용한 음성 들리는 듯 도드라진 좁은 시멘트 길을 따라 올라간다.

긴 담 끼고 돌아 마당에 올라서면 묵중한 돌들이 줄지어 서서 그늘을 뿜어내고 있다. 검게 줄진 돌을 쓰다듬어 본다. 차지고, 부드럽고, 냉랭하다. 성숙한 그늘. 돌은 온기도 뭉쳐 한기로 뿜어내는 듯. 인간을 벼리는 차가움.

짧은 처마 밑에서 오후 내내 해바라기했을 시인,
　사람도 돌이 되고 돌도 바람이 되어 흐르다가 멈추고.
　익은 햇살 같은 오래된 사람이 그립다.

* 혜산 박두진 선생님.

칠갑산

천문대 지나
양지를 감으면 참나무 잎 벗나무 잎,
음지를 감으면 언 길 눈길 마른 길.

냉천골 산비탈엔 나무들이 눈발 띠를 띠고 섰습
니다. 돌아 돌아 온 칠갑산을 돌아다보면 합대나뭇
골 꾀꼬리봉도 상봉 상상봉*도 지지 않는 흰 꽃봉오
리로 피었습니다.

정상에 서서 멀리 금강이 백마강이 될 때까지 바
라보면
눈 끝에 걸려 있던 사방 능선들이 파도처럼 밀려
왔습니다.
나도 해질 때까지
파도 타고 멀리 나가는 꿈을 꾸었습니다.

계곡에 살았던 소년들은 아직도
하늘과 땅이 마주치는 곳에 홀려 있었고

푸른 새털구름만 돌아왔습니다.

* 신대철 시인이 「칠갑산 1」에서 불러낸 봉우리.

물

한강

   미사리 둑방 따라가는 물길은 밤안개에 싸여 제
길로만 흐르다 상수도 보호구역 팻말 앞에서 머뭇
거리다 돌아갑니다, 사람들은 미리 발길을 돌린 걸
까요, 아무도 보이지 않습니다, (물내를 맡는 것도,
물길을 보는 것도 오염?)

   미루나무처럼 구름 지나가고,
   물방개 닮은 새울음 지나가고,
   어둠도 환해졌다 어두워집니다, 누가 다가오는
것일까요?

   오래간만이군요.
   협곡 따라 흐르는 한탄강에서 마주치지 않았나
요?
   그날 아침 사냥 나가다 물수제비 뜨는 당신을 봤
지요.
   암사동 미루나무 숲에 기대어서 바라보았지요?

아, 이끼 낀 검룡소에서 당신은 내려가고 나는 올
라가지 않았나요?
백두대간 금대봉 고목샘 물소리에 잠시 귀 기울
이지 않았나요?

벌레 소리 울리지 않는 강가
어둠이 안개에 불려 갔다 돌아옵니다
당신이 묻어 나와 풀잎에 맺히는군요,

환한 어둠 속으로 난 길

서리 낀 오대산 전나무 숲에서 초여름에 두고 간
아버지의 흔적을 더듬어본다, 걸을수록 하얗게 다
가오는 한기. 지난 유월에 부러진 아름드리 전나무
에도 눈이 내렸다, 껍질로 버텼나? 속이 비어 있다.
기다란 어둠

내 나이보다 젊은 아버지, 그 옆에 나도 보인다
겨울 새벽 찬물로 세수하고 면벽하는
열한 살 내가 벽 속에 잠을 그리고 있다.

입김에 서리 섞어 아이와 걷는 동안
찬바람, 나무 덮은 눈이 쓸린다.

스물한 살 대학생이 산골 처녀와 평생을 살았어
도 혼자서 이 숲길로 달렸을지도 모른다. 모든 소년
들처럼 꿈을 꾸고 달려 소학교를 지나 학도병으로
6.25를 지나. 피 끓는 4.19를 겪은 아버지는 할 말이
많기에 할 말이 없으리라. 달나라에 우주인이 발을

딛을 때 아버지의 별도 떨어졌다. 오 남매를 키우
며, 무슨 생각으로 달렸을까?

전나무 숲을 휘돌아온 냉기

아버지가 잠시 기댄 혼란이 흩어지다 숲이 끝나
는 지점에서 하얗게 사라져버린다. 아름드리 전나
무는 속이 빈 전나무는 가보지 않은 어둠 속으로 길
을 내고는 사라질 것이다. 내 아이도 언젠가 부러진
전나무를 하얗게 떠올릴 것이다.

어둠 속으로 밀려 들어가는 내 뒷모습이 보인다

오래된 사람

천전리*에서

달빛에 홀린 달맞이꽃이 길도 뿌옇게 흐려놓았습니다.

어둠을 돌아 계곡 앞에 서자 숲 기운에 몸이 환해집니다. 천전리 암벽에 물결무늬 흐릅니다. 동그라미 돌아 오르고 네모 속에서 누가 다가옵니다. 그 사람은 나무에서 바람 풀어내고, 나무에서 정적을 풀어냅니다. 그 사람이 다가올수록 나에게서 오래된 사람만 남습니다.

모든 소리가 따뜻하네요.

* 태화강 줄기 대곡천 중류의 울주 천전리. 그곳 바위에는 신석기 후기와 청동기시대에 해당하는 그림이 새겨져 있다. 강 옆으로 공룡 발자국이 있고 신라 법흥왕 때의 화랑도들의 기록도 남아 있다.

3부

빛 속의 어느 날

1

　봄 햇살 흔드는 찬바람, 작은 아이가 사람들 사라
진 숲길에
　혼자 서 있다.
　꽃잎이 옴짝거린다고 속삭인다.

2

　나팔꽃 남보라 빛에 싸여
　계단에 쪼그리고 앉은 아이들
　남보라 꽃물 손끝에 적신다

　이름으로 남은 혼자 있던 수정이와
　이름도 지워진 한마당에 살던 아이들
　얼굴 없이 이름 없이 다가온다

　칠월 하순 햇빛에

색 바랜 나팔꽃이 잠시 폈다가
오므라진다

옆에 앉는 산

높은 산으로 올라간 사람들이
여기저기 남겨둔 비닐봉지 꽃처럼
먼지 더미 옆에 피는 어수리 궁궁이

하얗게 바람 부서지는 눈부신 가을

컵라면 들고 나무 밑에 앉은 아이
아이의 그늘 쓰고 앉은 엄마
모자의 어깨 위로
일요일 햇살이 내리고 있습니다

산이 낮게 내려와 옆에 앉습니다

그랜드캐니언에서

노스림에서 내려다보면
유황과 모래와 진흙이 켜켜이 쌓이고 쌓이다가
갈라진 지층들
노을 품은 협곡은 황금을 담은 듯 사방에서 번쩍
거린다
깊고 광대하다는 말은 그랜드캐니언을 축소하리라

독일에서 온 머리가 하얗게 센 할머니가
고사목에 올라갔다 가지에 걸려 우는 동양 아이
에게 노래를 불러주고 있다,
아이의 엄마는 등을 돌리고
어린아이의 울음은
강에서 올라온 하늘을 빨갛게 적시다가
어스름에 풀려 사라진다

끈기는 모래층
집착은 진흙층
회한은 자갈층

메마름은 유황층
단숨에 일어나야
노을을 품을 수 있다는 걸
아이는 알 수 없지만

어떤 울음도
부드럽게 감싸 안는 늙은 엄마가 되기까지
누구나 하나의 지층을 갖는다는 걸
아이는 알 수 없지만

붉고 검은 선으로 사라진 사방이
어둠 속에서 우주로 돌아갔다
다시 돌아오면

인간은 엄마의 아이에서
우주의 아이로 태어나리라

회갑 1

복사꽃에 붙은 햇살처럼 졸다 깨다

고엽제로 고생하던 막내 삼촌 회갑이라고 엄마 형제들이 새벽차로 올라와 한 상에 둘러앉았다. 지난여름 막내 이모를 태풍 속에 보내고 육 남매가 처음으로 한자리에 앉았다. 어제 오늘 구별 없어 먼먼 옛날에 사시는 우리 엄마만 "첫돌을 축하하네", "첫돌을 축하하네", 되풀이하신다. 육 남매는 한 이불 속에 웅크리던 한겨울 아랫목도, 시끌벅쩍 드나들던 싸리 울타리도 잊은 지 오래. 들어왔다 나가는 음식 그릇 사이사이 부산으로, 대구로, 양평으로 돌아갈 차편 따라 바쁘게 숟가락만 왔다 갔다.

일월산 돌아내려 정족, 산골 시린 냇물에 종아리 잠그고 다슬기 따던 시절은 뒤꼍에 피는 달맞이꽃처럼 밤에만 피는지 육 남매 등에 아물거린다.

봄은 바람 타고 모였다 흩어지는 온기일까?

담 너머

회갑 2

측백나무 전나무 숲 뒤
불어오는 바람 타고 간간 나무 냄새
휠체어 탄 어머니와 앉아 있다
바람 길게 불면 오래된 엄마 냄새

숲 앞 도로에는 젊은이들이 분주하다
차를 막고, 풀고
흰 금, 노란 금, 긋고

어머니, 아득하게 가까이 다가왔다
기억을 지우시는 어머니,
노을에 쌓여
(담 너머로 나갈 수 없구나)

담을 벗어나면
색색 꽃이 구름 같을까

이 평온한 저녁에

한겨울인데도 온 땅이 질척거린다
포클레인이 커다랗게 구덩이를 판다
덤프트럭에서 쏟아지는 강아지들, 개들
털이 빠지고, 다리가 없고
신음하고, 컹컹거리고
멀리 보는 눈빛

해피,
메리,

부르기만 한다면 당장 달려갈 듯 귀를 쫑긋 세운
채, 그리운 얼굴처럼 허공을 응시한 채, 쓰레기처럼
떨어진다,

구덩이에서 올라오는 소리, 울부짖는
밤사이
사이
사이

햇살이 내린 아침,
흙더미가 내리 덮는다, 마지막 눈빛에.

해질녘 포클레인이 구덩이를 판다,
아무 일도 일어나지 않은 듯
평온한 저녁인 듯
바람이 나무를 턴다.

얼음은 녹아내리고 속살거리는 공기는 무겁다.

무너지는 무릎

2008년 가을

가야 할 길 놓치고 원효로로 밀려가 다리를 건너고 말았다. 가을비가 내린다, 거리는 조금씩 고개를 숙이고, 나무들은 잎을 흔들면서 침묵으로 들어간다. 먼 곳에서 온 듯 사람들은 숨은 그림자를 늘인 채 비에 젖어 있다. 길을 잡으려고 신호를 기다린다. 멀리 섬처럼 끊긴 인도, 누군가가 절을 하고 있다. 추적추적.

비 사이 신호 바뀌고 길게 선 앞차가 빠지는 대로 앞으로. 절을 하는 남자, 정성스럽다, 천천히 한 바퀴 돌고 절하던 방향으로 길게 서 있다. 추적추적.

몇 대 앞으로 당겨진다, 당겨지고, 당겨지고. 길을 건너가는 그가 보인다, 파출소와 은행을 돌아서는 그, 바라보던 곳으로 걸어가고 있는지.

추적추적(秋寂推寂) 비는 내리고, 한 남자의 무너지는 무릎을 떠올리며 나는 고개 숙인 거리처럼 침만 삼킨다. 신호가 바뀐다. 그의 젖은 마음을 지닌 채 놓친 길 잡으려고 액셀을 밟는다.

파푸아뉴기니 1

극락조(bird of paradise)

꽃꽂이에서 본 노란빛 주홍빛 황금빛 극락조*
화려한 관도 긴 꽁지도 황금색인 그 같은 새가 지
금은 박제

연보라색 몸에 하얀 점박이 새, 파도처럼 긴 날개
흔드는 푸른 새
열매 같은 붉은 꽃 흰 꽃 분홍 꽃. 쌀알 흩어지듯
보랏빛 꽃
꽃도 아니면서 색색 점 박힌 잎사귀

나비들은 손톱만 하고 손바닥만 해. 하늘빛 바다
빛으로 팔랑팔랑
잎 넓혀 서 있는 나무, 잎 좁혀 앉아 있는 나무

암술 수술을 밖으로 내밀고 혼례식 전날처럼 소
란스럽다

천 개의 다른 꽃, 다른 새, 다른 나무, 다른 나비

모두 달라서 파라다이스
황금 찾아온 사람들 떠나버리고
천 가지로 만 가지로 다르게 살아
파라다이스

* 화려한 모양이 극락조(Bird of Paradise)와 비슷해서 이름 붙인 꽃 이
  름(Bird of Paradise Flower).

파푸아뉴기니 2

맨발

키 큰 나무에 붙은 속 찬 야자열매
우람한 나무 타고 바나나 주렁주렁,
집들은 기둥 위 이 층으로 올라가 있다
꼭 잠긴 문
철책에 걸친 심장 모양 붉은 열매 반짝인다

적도 태양에 그을린 사람들이 한 방향으로
맨발로 걸어간다
부족 문양으로 짠 가방을 이마에 걸고, 아이들도
맨발로

등 세워 허공만 바라보는 청년들 옆에 캄캄한 그
늘이 눕는다
쓰레기 소각장을 어슬렁거리는 마디마디 뼈 드러
난 개늘

따거운 태양은 키 큰 나무를 허락히지 않이
구릉들도 2부 능선에서 식물을 제한한다

식물 부수는 햇빛, 먼지 부수는 햇빛

섬에서 정글에서 나와
컴퓨터 진열장 앞에 서 있는 맨발
바로 앞 에머럴드 빛 바다엔
1942년 폭격당한 채 박혀 있는 버마 배

담장에 두른 전기 철책 위로 구름이 지나간다
부채 꼬리 접고 검은 새도 날아간다
가는 비에 열기 감겨 오고
심장 모양 열매는 맛없이 붉다

파푸아뉴기니 3

부아이*

따가운 햇살 사이로 비,
뭉게구름 피어오르고 섭씨 37도,
적도 조금 아래 포트모르즈비,**

말라리아 모기에 물린 산모들
부아이를 씹고 젖을 물리는 아기 엄마들
몽롱한 태양처럼 흙바람이 분다

점심 대신 부아이를 씹은 경비원들은
벌건 이빨과 혓바닥을 드러내며 웃는다

꽁지 춤추는 검은 새들, 멀리 올라가버린 하늘

* 환각 작용을 일으키는 마약 성분의 붉은색 열매. 서민들이 배고픔을 해
  결할 수 있는 유일한 수단. 매우 독하기 때문에 그 타액은 뱉어야 한다.
** 파푸아뉴기니의 수도. 파푸아뉴기니는 태평양권 국가 중에 가장 높은
  영아 사망률을 기록하고 있다.

심장보다 빨리

1. 도미틸라 카타콤베*

캄캄하다, 빛보다 냄새를 따라가야 내려갈 수 있
다. 몸을 좁혀 지나가는 통로 양 벽면마다 층층 4
단, 5단 묘혈이 이어져 흐른다. 통로 끝에는 크고
작은 묘혈로 가득 찬 가족실. 꺾이면서 아래로 내려
갈수록 더 좁은 통로, 그 좁은 길 출렁이는, 콜로세
움을 흔들었던 환호 따라 슬픔이 환희로 맺힌 흔적
들. 한겨울 새벽보다 싸늘한 기운에 온몸 습기 빨려
나간다. 구불구불 삼백 킬로미터. 삼십만 명이 누웠
던 묘혈은 냄새만 남았다, 물고기**가 비둘기 된 걸
까?

은단 냄새 같은 향기
날숨 들숨 따라 드나들다
심장 소리보다 빨리 흩어진다

길, 이 길 밑바닥부터 묘혈 주인들이 손을 잡고

늘어선다면 햇빛 앞에 나설 수 있을까? 그들은 지
름길로 뛰어간 걸까? 그대와 내가 그림자 벗고 되
비추일 때에야 비로소 그들은 온전한 빛이 되는 걸
까?

넝쿨진 나팔꽃 옆에 작은 새털구름 두어 개 발을
내딛는다.

2. 로마 국립박물관에서

호박 귀걸이
황금 목걸이 머리띠
화려한 꽃무늬 대리석 석관

아름다운 조각
2000년 전
아니 그보다 더 오래
홀릴 듯한 자태 그대로의 미소

얼마나 아름다우면 위로가 될까요?
당신을? 우리를?

이곳의 양식(樣式)은 죽음입니다
우리는 곧 죽음의 양식(糧食)입니다

3. 화폐박물관에서

황금으로 은으로 동으로 찍어내는 화폐 판에
나무 열매처럼 주렁주렁 달린 금전, 은전 동전
흰 벽에 스치는

나무 끝에 고통도 굶주림도 매어 달렸다
비밀도 암투도

나무 열매처럼
사람 머리들도 달렸다

흰 벽에 가지들
뒤집어본다
밖으로 나와,

달리는
버스에 내미는 아이 머리들마다
나무를 달고 있다, 푸른 이파리 스치며

새털구름 발 거두고 날아오른다

가이샤라 빌립보가 어디든지

거대한 동굴 밑
판 신*은 돌판으로 남고
들판에 선 로마 분봉왕을 지키던 헤롯 성은
이끼에 그을려 바람 속에 남아 있다

사라진 사람들은 자신들이 새긴 신에게
내일을 위한 비밀을 속삭였을까?

헐몬산에서 내려온 물이
성 안 돌탑 정원을 돌아 흐르는 동안에
흘러 요단으로 들어가는 동안에

고요한 말 하나
가슴으로 흘러 바닥에서
바닥으로 흐른다

*그리스 신화에 나오는 목축과 수렵의 신. 농업과 목축업을 주로 했던 로
 마인들이 섬겼다.

사해에서

히잡 쓴 여인들이 물가에 앉아 아이들을 지키고
있다, 어린아이들은 알록달록 수영복을 입고 깔깔
거리고 여인들에게 진흙을 날라준다, 태양에 그슬
린 손등에 진흙을 붙이고 하얗게 마르기를 기다리
는 여인들, 긴 옷을 입고 발만 물에 담그고 있는 여
인들. 웃음을 건네본다, 물에 뜬 나에게 진흙을 달
라는 웃음이 돌아온다, 더 깊은 곳에서 고운 진흙을
움키려 해도 둥둥 떠 손이 닿질 않는다

아이들도 히잡에 갇힐 것인가
땅에 갇힌 바다는 돌아가지 못하고
따겁게 말라 소금 덩어리로 남을 것인가
둥둥 뜨는 생각이 쓴 물에 갇힌다

국경

헐몬산에서

한때는 시리아령이었으리라
마른 흙 지층 골란고원을 지나
북쪽으로 올라가면 눈 덮인 산
지금은 이스라엘의 주요 상수원

금요일 오후, 산 정상은 안개에 싸여 있고
리프트도 안내소도 비었다
시간이 되면 사라지는 것은 사람만이 아니리
산꼭대기 얼리고
바람 불어 발길도 얼리고

저 언덕 아래
붉은 샤론의 꽃들은 만발하여 흔들리고
히잡을 쓴 젊은 아낙과 눈이 커다란 아이들의 미소

눈빛으로 다가오는 온기는
국경도
민족도

잠시 사라진 것도
눈처럼 녹여 갈릴리로 요단강으로 흘러 보내리

욥바에 살아

남푸른 지중해 항구 욥바는 텔아비브
흙바람 날리는 이스라엘 땅 같지 않은 욥바
레바논의 백향목을 실어 왔다는
바람은 달콤하게 미끄러져간다
골목골목 깔린 바닥을 깍아
시간을 밀어내듯이

요나 실은 다시스로 떠난 배, 무두장이 시몬의
집, 그 집에 묵은 배드로, 죽었다 살아난 다비다가
이야기 흔적처럼 묻어나온다

어둠 내려 환한
골목 안, 상점엔 바느질하는 히잡 쓴 여인
언덕 위 탑은 저편 불빛을 향해
육일전쟁 때 아들 잃은 아버지가 마음 쌓은 것

이제껏 산 것은 내가 산 것이 아니라
욥바에서 불어오는 바람이 살게 한 것

욥바에 산다면

당신도 나도 여기 살아
욥바의 흔적이 된다면

무슨 꿈?

고엘은 인도 할아버지,
여름 햇살에도 잿빛 얼굴 인도 할아버지,
처음 만난 우리들 짐 날라주고, 도시락 준비해
나이아가라 폭포 물살이 퍼지는 나무 밑으로
우리를 들어 앉히셨던 할아버지,
렌트한 집에 살면서 렌트한 차로.

어둠뿐인 가난, 조국을 떠난 후
한 번도 조국을 찾지 않았다는 인도 할아버지
자녀 셋을 입양해 키우고. 부인은 가고 싶은 데로 떠나보내고
몇 년 전부터 꿈을 갖기 시작했다던 할아버지,

헤어질 때 내민 작은 선물도
늙은이에겐 필요 없다고
물건은 젊은이에게 필요하다던 인도 할아버지,

나무에 걸린 푸른 달빛

흐르다 걸린 나무는 물빛

로키 산맥에서 흘러왔을까? 수많은 계곡을 흘러 아래로 떨어지기만 하는 나이아가라 물살, 광대한 물살, 물보라, 무지개. 그 끝에 하얗게 할아버지.

겨울엔 그 할아버지 어디에도 없었다, 꿈꾼 대로?

박쥐에 대하여

1

봄이 와도 꽃이 피지 않아 쌀쌀한 김포평야 끝
해질 녘 풍경도 멀리 공항처럼 낯설다

"조금 있으면 박쥐가 온다네" 서두르시는 선생님
을 따라 나선다, 아파트 뒤울에서 개발로 들쑤셔진
들판을 바라본다, 펄럭펄럭 무언가가 재빠르게 지
나간다. 박쥐를 가까이 보기 위해 우린 담 밖으로
나와 섰다, 날아가던 박쥐가 되돌아와 선생님 손을
툭 치고 날아간다, 다시 돌아와서 머리 위를 빙글
돌고 간다.
　이야기책 속의 박쥐와 사람을 아는 척하는 박쥐
사이에서 내 머리도 빙글. 다시 한 번 박쥐가 돌아
오기를 기다리며 담과 논둑 사이를 서성인다, 담 안
으로 훌쩍 들어가시는 선생님, "요즘은 농사도 짓
지 않아 벌레도 없고 모기도 날파리도 없는데 기운
빠져서 안 되네."

2

　봄 시간으로 저녁 7시쯤 아파트 담벽과 논둑 사이
를 따라 두서너 번 날고는 사라진다는 박쥐, 낮을
피해 숨어 있는 박쥐, 어둔 밤에는 날지 않고 어둠
속에 사는 박쥐, 빛도 어둠도 아닌 경계에서 잠시
나는 박쥐? 박쥐를 떠올리며 걷는 동안 길게 따라
오던 내 그림자가 펄럭인다,

　있다 없다 힐긋거리던 내가
　아주 잠시 쏜살같이 날다가 어둠 속으로 묻힐 수
있을까?

병산서원 앞에서

빗방울화석 시인들에게

팔월 땡볕 피해
만대루 강당으로 들어서는 그늘

아주 오래간만에 우리 모두는 한 물길에
발을 담그고 그 차거움에
그 물살 깎는 햇살 맞고 서 있었다

물길이 어디에서 꺾이고
바뀌어 흐를지 모르지만
고랑 고랑 흘러온 물길이 달라도
한 물길로 만나 흐르는 것처럼
잠시 같이 흘렀다

누군가에게 잠자리 하나 내려앉으면 좋겠다

빛과 존재들의 향기
—손필영 시집, 『타이하르 촐로』

황광수

손필영의 시 세계에 첫발을 들여놓으면, 우리는 한줄기의 빛과 마주치게 된다. 한 의문형 문장— "빛을 기억하라고?"[1]—의 첫머리에서, 그 빛은 우리에게 창세기의 첫 목소리를 떠올리게 하며 나타나는 것과 나타나게 하는 것, 그리고 나타남을 지각하는 존재의 내면에서 일어나는 파장을 어떻게 기억하고 표출할 수 있는지 묻게 한다. 그 빛이 내려앉는 첫자리에 조촐한 모습의 시 한 편이 놓여 있다, 출발 지점의 기표처럼.

버스 정류장,
막 잎 트는 단풍나무
작은 잎에 오글오글 감긴 잎들

---

1) 손필영의 첫 시집 제목.

다시 한 번 감겼다 풀어지고
벗어놓은 발자국들 먼지 속으로 흩어진다

구름 그림자 어른거리고
나도 어른거린다, 어디 먼 곳으로
　　　　—「초봄」 전문(『빛을 기억하라고?』, 2008)

　이 정갈한 외형 속에는 하나의 뚜렷한 의미론적
단절이 들어 있다. 그것은 시인의 감각과 의식 사이
에 존재하는 단층의 외화인데, 바로 그 단층의 낙차
에 시적 사유를 발생시키는 잠재 에너지가 내재해
있다. 어딘가로 떠나려는 듯 버스 정류장에 서 있는
화자의 감각에 단풍나무의 "작은 잎"들이 클로즈업
된다. 막 움트는 "오글오글 감긴 잎들"이 "다시 한
번 감겼다 풀어지"는 동안 화자의 의식에 예기치
않은 변화가 일어난다. 이 변화는 네 번째 줄("다시
한 번 감겼다 풀어지고")과 다섯 번째 줄("벗어놓은 발
자국들 먼지 속으로 흩어진다") 사이의 의미론적 단
절에서 발생하고 있다. 일시적 판단 중지를 일으키
는, 자연과 인간 사이에 가로놓인 이 단절은 어린
잎의 감김과 풀림을 바라보는 화자로 하여금 "벗어
놓은 발자국들"을 다른 차원에서 생각하게 한다.

이것은 화자의 내면에서 발생한 하나의 정신 현상적 사건이다. 새싹의 움틈과 흩어진 발자국들의 대비에서 발생하는 이 사건은 먼지 세상의 삶의 방식을 돌이켜보게 하며 화자에게 모종의 행위를 촉구한다. 그러나 화자는 아직 먼지 세상, 인간이 자연에 가한 상처의 알리바이처럼 나무들이 줄지어 서 있는 거리에 서 있기에, "구름 그림자"처럼 "어디 먼 곳"을 향해 어른거릴 뿐이다.

"어디 먼 곳"에 대한 그리움은 세계의 곳곳에 간간이 닻을 내리고 풍요로운 빛들의 잔치들을 펼쳐 보인다. 두 번째 시집 『타이하르 촐로』에서 화자는 끊임없는 이동 속에 있고, 빛들은 그의 눈길이 머무는 곳에서마다 새로운 광경들을 빚어낸다. 우리는 이 환대의 공간들에서 감각적 존재로서 다시 태어나는 듯한 느낌에 사로잡힌다. 그러나 화자의 의식은 그 나타남들에 현혹되지 않고 더 높고 먼 곳으로 비상하거나 흘러간다. 그래서 이 시집의 화자는 지구에 태어난 자, 아무것도 아닌 것에서 존재성을 부여받으면서 하나의 세계를 맞이하게 된 자로서의 자의식을 지닌 것처럼 보이기도 하지만, 세계를 구성하고 있는 다른 존재들에게 자신을 하나의 '나타남', 즉 타자로 기꺼이 내어주려는 마음도 지니고 있다. 가라타니 고진은 '풍경의 발견'이란 말을 통해 근대적 주체의 시선은 필연적으로 다른 존재들을 대상화하면서 타자의 자리로 밀어내는 주체중심적 시점이라는 사실을 간결하게 요약한 바 있지만, 손필영은 모든 존재들과 시차적—時差的, 視差的—으로 만나면서 그 너머까지 떠올리는 탈풍경화의 사유를 줄기차게 펼쳐간다. 자기중심적 질서화에 대한 욕망에서 벗어나 있기에, 그가 펼쳐 보이는 자연적 존재들은 언제나 그것들 나름의 생명적 흐름 속에서 약동하고 있다. 이 시집의 첫머리에 놓여 있는 세 편의 시들은 봄에서 겨울 쪽으로, 그러니까 온기에서 한기 쪽으로 계절의 흐름을 거슬러 오르고 있지만, 그 시들에 내재해 있는 사물들은 오히려 역동성을 점점 강화해가고 있다. 그 생명적 흐름을 매개하는 것은 햇살, 물, 그리고 바람이다. 첫 번째 시에서 "꽃"은 대상의 자리에서 벗어나 인간에게 말을 걸고 있다.

1

불처럼 타오르는 연초록을 향해
염소 양 말 소

지나간다

꽁꽁 울음도 녹여 날리는
들판을 지나간다

한번 지나가면
올라오던 풀은 냄새로 남고

보랏빛 꽃들만 쑤욱 올라와 있다

2

야생 양귀비꽃에 갇혀 발을 디딜 수가 없다
흙먼지 돌개바람도 숨는 골짜기에서

연둣빛에 반사되는 햇살
불탄 낙엽송 기억하듯 뻐꾸기 울음소리
잎 트는 자작나무 따라 햇살 세 줄기 번진다

바위에도 스밀 듯
라벤더 향기, 붓꽃 할미꽃

숨어 핀 6월 진달래

몸도
햇살 쫓아가다
숨만 남아

—「꽃은 인간을 향해」 전문

　이 시에는 쉼표도 마침표도 없다, 자연의 생성적 흐름이 그런 것처럼. "불처럼 타오르는 연초록"은 대립적 요소들의 충돌을 통해 강렬한 이미지를 빚어내는 데 그치지 않고 초식동물들의 본성을 자극하며 그것들을 끊임없이 이동하게 한다. 이 풍경 속에는 미세한 움직임들이 쉼 없이 작동하고 있다. 풀들은 불처럼 타오르고, 가축들은 풀을 찾아 쉼 없이 이동하고, 들판은 꽁꽁 얼어붙었던 소리("울음")들을 녹여 날리고, 보랏빛 꽃들은 쑤욱쑤욱 올라오고, 라벤더 향기는 바위에 스밀 만큼 강렬하게 퍼져 나가고, 햇살은 연둣빛에 반사하거나 "잎 트는 자작나무"를 따라 눈부시게 번지고 있다. 그 속에서 "양귀비꽃에 갇혀" 있는 화자만이 발길을 옮기지 못한 채 "숨만 남아" 있다. 몸까지 용해되어버린 듯한 이 느낌은 몽환적일 만큼 아찔하다. 모든 자연적 존재

들이 대상의 자리에 붙박여 있지 않고 스스로 움직
이고 있기에, "꽃"도 (주어의 자리에서) "인간을 향
해" 자신의 뜻을 전할 수 있는 것이다. 그런데, "불
탄 낙엽송 기억하듯 뻐꾸기 울음소리"가 암시하듯,
화자의 마음에는 한줄기의 회한이 남아 있다. 이 구
절은 "연둣빛에 반사되는 햇살"과 "잎 트는 자작나
무 따라" 번지는 햇살 사이에 놓인 채 화자가 먼지
세상의 기억을 다 지워버린 것은 아니며, 인간도 자
연적 존재들 속에서 소외감을 느낄 수 있다는 사실
을 찌릿하게 환기시킨다.

　세 번째 시(「달려 나가는 벌판」)는 들판 자체가 달
려 나가고 있을 만큼 역동적이다. 기찻길 옆의 나무
는 소년을 따라 나서고, 들판은 바람과 함께 달려
나가고, 흩어져 있는 구릉들은 "양들의 울음소리"
에 모여들고, 마을도 "소년"의 "느린 말소리"에 불
려온다. 이 움직임들은 상반된 두 방향을 취하고 있
다. 하나는 바깥쪽으로 달려 나가는 것이고, 다른
하나는 감각적인 존재들—양들과 소년—의 소리에
이끌려 그들 쪽으로 다가오는 것이다. 감각적 주체
들이 길들일 수 없는 표표한 바람(공기의 움직임)과
그것들이 발하는 소리(공기에 일으키는 파동)가 빚어
내는 이 양방향의 움직임 속에서 마을을 품고 있는

이 광활한 공간은 숨을 쉬는 유기체가 된다. 그리고 모든 이질적인 존재들은 하나의 공간 속에서 버성 김 없이 공존하게 된다. 이처럼 활달한 상상력을 지 닌 화자는 얼어붙은 벌판에서 벌써 푸른 초원을 보 고 있다. "벌판이 칼바람으로 달려 나간다, 그 안에 초원이 있는 것처럼"에서, 이 벌판은 눈을 털어내 려고 몸부림치는 한 마리 짐승처럼 약동하고 있다.

시인의 몽골 체험은 좀 더 구체화되면서 두 편의 '고비초원' 시들을 빚어낸다. 「고비초원 1」은 두 부 분으로 나뉘어 있다. 앞부분은 공간적 형상에 내재 해 있는 장구한 시간성을, 뒷부분은 우주의 빛으로 "말 떼"와 "양 떼"를 조명하며 그들의 생태에 깃든 장구한 시간성까지 자연스럽게 드러내고 있다. 화 자의 시선은 "풀"에서 "구름"으로, 그리고 다시 발 밑의 "돌조각"으로 돌아온 다음, 초원을 향한다. 그 초원은 "둥그렇게" 물러났다가 "둥그렇게" 마주 온 다. 이 둥그런 형상은 그것을 빚어낸 장구한 시간성 을 함축하고 있다. 해가 지면, 더 먼 곳에서 오는 빛, 우주 공간을 달려온 빛이 지상의 동물들을 조명 한다. "내가 오기 전부터 오기 시작한 빛은 눈이 젖 은 말 떼들 돌려보내고 오글오글 양 떼들 돌려보낸 다." "둥그렇게" 모여서 풀을 뜯다가 별빛에 인도되어 돌아가는 "말 떼"와 "양 떼"들의 생태에도 장구한 시간성이 깃들어 있다. 이러한 분위기에 감싸인 화자의 눈에는 "푸른 지평선"조차 "층층이 하늘로 올라가는" 것처럼 보인다. 이처럼 화자는 대지까지도 우주의 품속으로 되돌려보내기를 잊지 않는다. 화자는 지상의 존재들을 우주의 빛으로 조명함으로써 그것들과 함께 흘러가는 시간을 저녁 풍경 속에 담아내고 있다. 이러한 시적 사유는 '본질직관'(후설)과 유사해 보이지만, 시인은 그것까지 넘어서며 새로운 세상을 상상한다. 하늘로 올라갔던 지평선이 다시 내려오고, 다양한 성좌(星座)들을 배경으로 어둠에 안긴 겔들이 하얗게 드러나고, 바람이 밤새 겔을 쓰다듬는 동안, 화자는 그런 세계 속으로 자신의 유년을 불러내려 한다. "휘갈기며 쓰다듬는 대로 밤을 보낸다면 어릴 적부터 내 뒤에 숨었던 아이도 지평선을 향해 걸어 나갈 수 있을까?" 이 아이는 사회화 과정에서 자아의 이면으로 밀려나 버린 유년 또는 화자 자신의 이상적 자아일 것이다. 화자는 유년의 해방 또는 순수자아의 회복은 자연현상("바람") 속에 자신을 객체로("휘갈기며 쓰다듬는 대로") 내어놓을 때에만 가능할 것으로 여기고 있다. 이 겸허한 수동성에는 먼지 세상에서 오염된 것을 씻어

내려는 갈망도 한 가닥 깃들어 있을 것이다. 그래서 화자는 고비초원이라는 자연적 조건과 거기에 깃든 생명체들의 존재 방식 속에 자신을 내어놓고 온전한 하루를 통과하고 있다.

몽골의 사막과 초원에도 몸에 박힌 파편과도 같은 상처의 흔적들이 여기저기 박혀 있다. 「타이하르 촐로」, "칭기즈칸의 전설부터 최근의 역사적 기록까지 새겨져"(후주) 있는 그 거대한 바위에도 "은빛 총알 하나"가 박혀 있고, 오래된 사원들은 이념의 상처를 안은 채 흙바람 속에서 삭아가고 있다. 「흐르는 흙덩이」에서도 대지의 표피를 끊임없이 갉아대는 바람의 흐름 속에서 인간의 자취는 간단없이 깎이고 흩어지며 사라져가고 있다. 장구한 시간에 깃든 생명체들도 죽어서 땅에 묻힌 채 삭아가지만, 그러한 죽음은 영원한 시간 속으로 회귀하기도 한다. 「고비초원 2」에서, 다시 해가 뜨고, 바위에 박혀 있는 "삭아가는 사슴뿔/둥근 산양뿔"이 드러나자, 화자의 뇌리에 그곳 사람들의 신앙 하나가 떠오른다. "(사람이 죽으면 사슴으로 돌아온다고?)" 이 문장에는 일말의 의문이 스며 있지만, 이러한 윤회 또는 생명의 순환성에도 이승의 업을 보상하는 시간의 연속성이 작동하고 있다. 그러나 순탄하게 자연으로 회귀할 수 없는 운명을 띤 생명체들도 있다. 이 시에 등장하는 늑대는 그러한 느낌을 짙게 풍기며 인간의 시야에서 멀리 떨어져 지나가면서 자기 가족들에게 위험을 알리듯 길게 "울부짖는다". 이 시집에 등장하는 늑대들은 늘 쓸쓸하고 위태로워 보인다. 이를테면, "도시를 안고 있는, 몇 겹의 꽃잎처럼/피어나는 봄 구릉"(「울음소리도 없이 늑대는」)의 평화로운 풍경 속에도 인간에게 살점을 뜯기고 가죽으로만 남게 될 늑대의 운명이 적나라하다. 이 늑대는 인간과 자연 사이의 허물어져가는 경계의 상징, 또는 상처 입은 자연의 눈빛처럼 아프게 다가온다. 늑대와는 달리, "검은 새"는 인가와 비교적 가까운 거리에서 마치 자연의 상처를 응시하고 있는 것처럼 보인다. 「몽골 일기 2」에서 이 새는 눈 덮인 공동묘지 위에서 날고 있다. 그것이 "흰 눈 맞고 둥그렇게" 날고 있는 모습은 허공을 배회하며 인간의 운명까지 내려다보고 있는 듯한 느낌을 자아낸다. 그러나 이 동물들은 아직은 자연의 품 안에 들어 있기에, 생명이 끊기지 않은 채 구덩이에 던져지는 동물들보다는 나은 운명을 누리고 있다.

　몽골의 드넓은 대지에 깃들어 있는 장구한 시간성은 때때로 인간이 남겨놓은 유적들의 의미를 전도시킨다. 시인은 「기도」에서 바람 속에서 울부짖는 "석인상"들을 통해 옛사람들의 상반되는 염원들이 교차하며 의미를 역전시키고 있는 것을 예리하게 포착하고 있다. 그것은 시간의 마모적 속성과 초원에 생명감을 불어넣는 "사슴 떼" 사이에서 극적으로 드러난다. "디어스톤에 들어가/큰 뿔로 남았다가/다시 능선을 달리는 사슴 떼"는 장구한 시간성에 생명을 불어넣고, "천년 빛에 감긴 흙바람에 쓸리는 대로/소리치는/석인상에 숨은 사람들은" 그 공간 너머의 "하늘"까지 "무한히 열어"놓고 있다. 이 대목에서 우리는 '석인상'에 대한 시인의 후주를 읽어보아야 한다. "돌궐 시대 것으로 보이는 석인상(石人像) 580기 정도가 벌판 한가운데 늘어 서 있다. 돌궐인들은 묘 앞에 생전에 죽인 적군의 숫자만큼의 석인상을 늘어놓았다고 한다." 이 석인상들은 무훈의 상징물들일 터이지만, 시인이 그것들에서 읽어낸 것은 "기도"이다. 이러한 해석은 그 석인상들을 세워놓은 사람들의 의도를 뒤집어 둘 사이의 관계를 역전시켜놓고 있다. 오랜 시간 속에서 돌궐인들과 그들의 의도는 가뭇없이 사라지고 석인상들만 남아 그 안에 깃든 혼들이 "흙바람" 속에서 소리치고 있는 것이다. 그 소리=기도는 승자들의 뜻까지 가뭇없이 사라져버린, "아무것도 없"는 무(無)의 세계에서 끝없이 "하늘"을 열어가고 있다. 이 시는 우리가 가장 두려워해야 할 것은 기념비적인 역사라는 사실을 명징하게 드러내고 있다.

자연의 언어는 침묵이다. 「몽골 일기 1」에서 화자는 그러한 사실을 우회적으로 드러낸다. "어젯밤 무슨 말을 했지? 말 사이 침묵도 모르면서/처음 본 사람들과 어울려 멀리 왔다. 혼자서도 모여 살 줄 모르면서". 화자는 전날 밤 "처음 본 사람들"과 많은 말을 나눈 듯하지만, 무슨 말을 했는지는 기억해내지 못한다. "침묵"을 모르는 그들의 말은 기억될 수 없을 만큼 무의미했거나 말할 수 없는 것들까지 말해버렸기 때문일 것이다. 말할 수 없는 것들, 그러니까 침묵해야 할 것들에는 아마도 처음 본 자연도 포함되어 있을 것이다. "어떤 경치를 보고 '참 아름답구나!' 하고 말해버리면, 자연의 말 없는 언어를 훼손하고 그 아름다움도 감소시키게 된다; 현상으로 나타나는 자연은 침묵을 원한다."[2] 그런데도 우리는 침묵의 참뜻을 모르기에 자신의 내적 분열조차 수습하지 못한 채 쓸모없는 말들을 지껄이게 된

---

2) Theodor W. Adorno, trans. by Robert Hullot-Kentor, *Aesthetic Theory*, Continuum, London, 2004, p.90.

다. 이러한 사실을 의식한 듯, 화자는 "국경 강줄기도 러시아도/미세한 눈가루에 지워졌다,/땅도 허공//마른가지에 걸어둔 말 머리/흔적을 지우고 돌아가는 바람,//정밀한 순간/눈 속,/눈사람이 스친다"며, "눈가루에 지워"지는 현상들만 드러낸 뒤, 말 없는 "눈사람"만 떠올리고 있다. 그래서 이 눈사람은 침묵을 읽는, 읽고 싶어하는 화자 자신의 분신처럼 보인다.

손필영은 자신이 보고 느낀 자연을 좀처럼 객체화하지 않는다. 이를테면, 「몽골 일기 8」에서 눈 덮인 사물들도 스스로 "눈 덮은" 모습으로 드러낸다. 그러니까 "눈 덮은 벅뜨항 산기운이 반짝/철길 건너/나랑톨 시장까지 내려온다"는 표현은 단순한 기법으로서의 의인화가 아니다. 시인은 자연(현상) 자체를 형상화하는 것은 불가능할 뿐만 아니라 부질없는 짓이라는 것을 잘 알고 있기에, 그것과 교감하며 새로운 시적 차원을 열어놓을 뿐이다. "벅뜨항이 뿌옇게 눈 젖어 있는 사이/별빛 하늘 둥글게 열린다"는 구절은 자연의 속성이라기보다는 그것에 투사된 시인의 마음이 빚어낸 하나의 가능태이다. 서울을 가까이에서 굽어보고 있는 산들도 시인의 심성에 그렇게 전유된다. "삼각산 꼭대기에서 내려온 바람 타고/구석구석 집들이 하얗게 날아가는 동안/내 집도 네 집도 노래하는 새처럼 날아가고/사방엔 빛이 뿌려진다"(「말바위 능선에서」)는 환상적인 대목 역시 자연과의 교감이 빚어낸 하나의 가능태이다. 산에서 불어오는 바람을 타고 집들이 새처럼 지저귀며 사뿐히 날아오르는 모습은 우리가 몸담고 살아가는 도시를 새로운 차원에서 사유케 한다. "숨었던 꿈 붉게 타는 시월 하순에는/우리가 잠시 사는 이곳도/소리가 지워지고 먼 곳이 된다"는 구절도 우리의 도시를 먼 미래에 투영함으로써 소음 속에 묻혀 있는 우리들 자신을 역설적으로 드러내고 있다.

몽골에 체류하는 동안 시인에게 깊은 인상을 남긴 것은 자연현상만이 아니다. 열 편의 '몽골 일기'들은 대부분이 그곳 특유의 자연이나 생활 방식과 관련되어 있지만, 그 가운데 세 편은 북한 사람들에 관한 인상을 담고 있다. 그중 힌 편은 남·북한 사람 모두와 자유롭게 소통하며 살아가는 "운전하는 아저씨"가 건네준 전화기 속에서 침묵으로 일관하다 전화를 끊어버리는 북한 사람, 또 한 편은 평양식당에서 일하는 처녀들의 외면, 그리고 마지막 한 편은 북한대사관의 폐쇄적 분위기에 관한 것이다. 이 세 번째 시 「몽골 일기 6」의 분위기는 "화단 없는 시멘트 바닥"처럼 견고하고 살풍경하다. 북한대사관의 창문들은 "두꺼운 커튼으로 봉해" 있고, "담 밖 자동차에 인파에 밀리는 소리는 흔적도 침입하지" 못할 만큼 밀폐되어 있다. 화자는 이 견고한 거부의 기표들에 상처를 입은 듯, 그 느낌을 가벼운 봉변으로 비유하고 있다. "생각하는 사이 지나가는 차에서 누군가 물총을 쐈다. 얼굴에 흐르는 미지근한 물줄기." 화자는 이 시의 마지막 문장—"핏기 없는 얼굴들 다가왔다, 숨소리도 없이"—에 마침표조차 찍지 못하고 있다. 북한 내부의 사람들도 몽골에서 본 북한 사람들과 그다지 다르지 않다. "남쪽 관광버스에 놀라/낡고 빛바랜 보따리 논둑길에 던져두고/재빨리 몸 숨기는 여인들//그 여인들 품속으로 금강산 일만 이천 봉이 사라진다"(「온정역을 지나며」)에서도 북한 사람들은 자신들의 남루를 감추는 데 급급하다. 그런 모습을 본 화자는 일만 이천 봉을 향하던 마음까지 까맣게 잊어버릴 수밖에 없다. 북한 사람들은 어디에서나 자신들의 약점을 감추려는 듯 남쪽 사람들에게 경계심을 풀지 못한다. 이러한 현상을 빚어낸 분단의 아픔을 시인은 속도의 차이로써 명징하게 드러낸다. "그대는 멈추어 달리고, 우리는 달리고 달려/찢어지는 몸,//선죽교에는 아직도 피가 흐른다"(「한 몸, 두 영혼」).

인공적 사물들뿐만 아니라 때로는 자연도 역사의 상처를 품고 있다. 우리에게는 지리산이 그 대표적인 예에 속할 것이다. 「지리산을」에서 시인은 시차(時差, 視差)를 두고 그 산을 다양한 각도에서 조명하고 있다. 그런데 왜 제목을 '지리산'이라 하지 않고 목적격조사를 붙여 '지리산을'이라 했을까? 이런 의문을 품고 이 시를 다시 읽어보면, 처음 읽었을 때 왠지 버성기게 느껴졌던 구조를 꿰뚫고 있는 하나의 의미 맥락이 명징하게 떠오른다.

초여름 물안개가 올라갑니다,

그때 오래전 한 시인이 물길에 휩쓸렸다던 뱀사골에서 당신을 처음 봅니다, 산사태 흔적을 간간히 지나 당신을 느껴봅니다, 두려웠습니다, 당신은.
안개 걷히고 빗속에 서 있는 당신은 순결한 입김처럼 다가왔습니다. 그 후 노고단으로 실상사로 반야봉으로 이름 모르는 들판을 가로질러 당신이 내려오는 자락으로 기웃거렸습니다, 하동 들녘에서, 섬진강에서

당신은 어머니처럼 품이 넓었습니다, 당신에게 안기려
고 새와 나무와 바위와 같이 오르내렸습니다. 당신 품
에서 콘크리트 숲으로 돌아오면 조금씩 가벼워지는 내
가 기다리고 있었습니다.

　자욱하게 안개 가린 날 당신에게서 매운 기운이 번
져 나왔습니다, 이 기슭, 저 기슭, 비트, 루트, 버려진
밥숟갈 같은 목숨들이 뒹굴었던 계곡, 대숲, 이현상.
아, 당신이 오랫동안 묻어둔 것이 보이기 시작했습니
다. 자세히 보니 당신 몸엔 온통 그들이 찍혀 있었습니
다. 당신은 죽을 수 없어, 몸을 지우고 살았던 자들의
지리산이었습니다.

　　높고 맑은 산을 오르려는 자 밀어내고
　　덕유산으로 오대산으로 오르는 자
　　길들이는 지리산이여
　　핏빛
　　백두산으로
　　은빛으로 솟구쳐 오르시라

—「지리산을」 전문

　다시 읽어보아도 '지리산'에 왜 '을'이 붙어 있
는지는 드러나 있지 않다. '을'은 그 뒤에 따라나

올 타동사를 생략하고 있기에, 그 기능이 정지되어 있다. 그러나 이 타동사가 들어설 자리에는 형상화를 거부하는 자연을 다의적으로 읽어내려는 시인의 뜻이 담겨 있다. 그러니까, 그것은 지리산을 만나는 다양한 계기나 방법이 있음을 암시한다. 화자에게 "당신"으로 불리는 순간 그것은 자신의 기표를 잠시 벗어버리고 다양한 모습으로 만날 수 있는 존재가 된다. 그것은 하나의 이미지로 형상화될 수 없기에 때와 장소에 따라 다른 모습으로 현현한다. 첫 번째 만남의 계기는 뱀사골에서 이루어진다. 그러나 "당신을 처음 봅니다"에서 '본다'는 말은 시각적인 의미를 벗어나 있다. 이어지는 구절 "산사태 흔적을 간간히 지나 당신을 느껴봅니다, 두려웠습니다, 당신은"에서, 그것은 "느껴봅니다"의 조동사 '봅니다'와 같은 화자의 의식 작용에 잠깐 호응하며 그 느낌만을 얼핏 내비칠 뿐이다. 그것의 첫 번째 느낌은 두려움이다. 한 시인이 "물길에 휩쓸"려버린 사실과 연관되면서, 화자에게 그것은 "천지불인(天地不仁)"(노자)의 속성으로 감지되고 있기 때문이다. 그러나 안개가 걷히고 "순결한 입김처럼" 다가올 때 "당신"은 "어머니처럼 품이" 넓은 존재가 되어 있다. 물론, 이러한 느낌도 영속적인 것은 아니다. 화자는 어느날 "당신에게서 매운 기운이 번져" 나오는 것도 경험한다. 그리고 "비트, 루트, 버려진 밥숟갈 같은 목숨들이 뒹굴었던 계곡, 대숲"들에서 이현상을 떠올리게 된다. "자세히 보니 당신 몸엔 온통 그들이 찍혀 있었습니다. 당신은 죽을 수 없어, 몸을 지우고 살았던 자들의 지리산이었습니다." 여기에서 "당신"은 다시 '지리산'이라는 기표 속으로 되돌아와 하나의 성향을 지닌 존재로 드러난다. 이 성향은 지리산의 역사성이다. 그래서 지리산은 "높고 맑은 산을 오르려는 자"들을 밀어낼 수밖에 없다. 그것은 이제 단순한 자연 체험의 대상일 수 없게 되어버린 것이다. 그러나, 이념의 실현을 위해 "몸을 지우고 살았던 자들"이 남긴 것일지라도 그 흔적들은 자연으로서의 지리산에게는 상처일 수밖에 없다. 그래서 화자는 '지리산을' 부르며, "은빛으로 솟구쳐" 오르라는 염원을 토해내고야 만다.

그러나 역사적 상처와는 무관하게 존재해온 자연은 유한성에 갇혀 있는 인간을 우주적 시공간 속으로 해방시킬 수 있는 계기를 품고 있다. 시인은 그 랜드캐니언을 통해 그러한 가능성을 치열하게 사유하고 있다.

노스림에서 내려다보면

유황과 모래와 진흙이 켜켜이 쌓이고 쌓이다가 갈라
진 지층들

노을 품은 협곡은 황금을 담은 듯 사방에서 번쩍거
린다

깊고 광대하다는 말은 그랜드캐니언을 축소하리라

독일에서 온 머리가 하얗게 센 할머니가

고사목에 올라갔다 가지에 걸려 우는 동양 아이에게
노래를 불러주고 있다,

아이의 엄마는 등을 돌리고

어린아이의 울음은

강에서 올라온 하늘을 빨갛게 적시다가

어스름에 풀려 사라진다

끈기는 모래층

집착은 진흙층

회한은 자갈층

메마름은 유황층

단숨에 일어나야

노을을 품을 수 있다는 걸

아이는 알 수 없지만

어떤 울음도

부드럽게 감싸 안는 늙은 엄마가 되기까지

누구나 하나의 지층을 갖는다는 걸

아이는 알 수 없지만

붉고 검은 선으로 사라진 사방이

어둠 속에서 우주로 돌아갔다

다시 돌아오면

인간은 엄마의 아이에서

우주의 아이로 태어나리라

―「그랜드캐니언에서」 전문

　화자는 첫 연에서 "노스림"에서 바라보는 그랜드
캐니언의 광경을 "유황과 모래와 진흙이 켜켜이 쌓
이고 쌓이다가 갈라진 지층들/노을 품은 협곡은 황
금을 담은 듯 사방에서 번쩍거린다"고 요약하고 나
서, 자신의 시각적 한계를 의식한 듯 "깊고 광대하
다"는 말은 그랜드캐니언을 축소할 것이라고 말한
다(이 말은 공간적 크기에 대한 우리의 관심을 다른 쪽
으로 돌려놓는다). 그런 다음, "노을 품은 협곡"을 배

경으로 세 사람을 등장시킨다. 독일 할머니가 우는 아이를 노래로 달래는 동안 아이의 엄마는 등을 돌린다(엄마의 이러한 태도에 함축된 의미는 이어지는 시행들에 은밀히 함축되어 있다). 이 세 인물은 아마도 인생의 세 단계 또는 세 세대에 대한 표상일 것이다. 화자는 아이의 울음이 고조되다가 사라지는 모습을 "아이의 울음은/강에서 올라온 하늘을 빨갛게 적시다가/어스름에 풀려 사라진다"고 절묘하게 비유하고 나서, 네 쌍의 대위법적 시행들 뒤에 "단숨에 일어나야/노을을 품을 수 있다는 걸/아이는 알 수 없지만"이라는 구절을 덧붙여두고 있다. 그런데 "단숨에 일어나야"라는 조건절의 주어가 무엇인지는 모호하다. '끈기', '집착', '회한', '메마름'은 인간적 속성들이지만, 주격조사를 매개로 제각기 '모래층', '진흙층', '자갈층', '유황층'과 짝을 이루어 네 지층들의 속성으로 제시되고 있다. 주어와 보어는 서로 교환될 수 있는 위치에 놓여 있기에, 주어는 인간일 수도 있고, 지층일 수도 있으며, 동시에 두 가지 다일 수도 있다. "단숨에 일어나야"가 지층들의 수직적 병렬을 염두에 둔 것이라면, 인간도 그 지층처럼 다양한 속성들을 다 지니고 있어야 "노을을 품을 수 있다"는 뜻으로 읽힐 수 있다. 그러니까 오랜 세월 속에서 다양한 인간적 속성들을 경험했을 독일 할머니나 "늙은 엄마"는 다양한 지층들의 협곡이 노을을 품을 수 있듯이, "어떤 울음도/부드럽게 감싸" 안을 수 있을 것이다. 이러한 생각은 또다른 차원에서 다시 한 번 변주된다. 화자는 "엄마의 아이"인 인간과 다채로운 지층들로 이루어진 협곡도 다시 한 번 고양되어야 할 불완전한 존재 또는 끊임없이 거듭나야 할 존재로 여기고 있기 때문이다. 인간이 언제까지나 "엄마의 아이"로 멈추어 있을 수 없듯이, 노을도 협곡에만 안겨 있을 수는 없다. 그래서 화자는 "붉고 검은 선으로 사라진 사방이/어둠 속에서 우주로 돌아갔다/다시 돌아오면//인간은 엄마의 아이에서/우주의 아이로 태어나리라"는 마지막 두 연을 통해 자연과 인간이 우주적 순환 속에서 새롭게 태어날 수 있는 가능성을 장엄하게 펼쳐 보이고 있다. 이처럼 손필영은 자연현상들에 대한 감각적 판단을 잠시 멈추고 아직까지 존재한 적이 없는 가능태를 끊임없이 상상한다. 그것은 물론 구약이 금지한 우상화(감각적 재현)의 함정에 빠져들지 않고 현상 너머에서 새로운 미학적 성취를 이루어내기 위한 것이다.

손필영의 시들에서 빛은 인간 세상에도 여백을

채우듯 밝고 따스하게 서려 있다. 「빛 속의 어느 날」에서 유년의 한때에 대한 화자의 회상은 "칠월 하순 햇빛에/색 바랜 나팔꽃이 잠시 폈다가/오므라 진다"는 눈부신 표현을 얻고 있다. 그런가 하면, 쓸쓸한 시선으로 어머니 형제간들의 모임을 바라보고 있는 「회갑 1」에서도 빛의 작용은 따스한 온기처럼 스며 있다. 이 시에는 한 줄로 이루어진 첫 연과 끝 연 사이에 산문 형식의 두 연이 들어 있다. 화자는 2연에서 "막내 삼촌 회갑"을 계기로 형제들이 한 상에 둘러앉아서도 돌아갈 곳을 생각하며 바쁘게 숟가락질을 하는 모습을, 3연에서는 그들이 함께 살았던 산골을 떠올리면서 그 시절을 "뒤꼍에 피는 달맞이꽃처럼 밤에만 피는지"로 비유하며 오랜만의 모임조차 빨리 파할 수밖에 없는 그들에게 연민을 느끼고 있다. 그러나 시인은 그들의 모습들을 첫 연 ("복사꽃에 붙은 햇살처럼 졸다 깨다")과 끝 연("봄은 바람 타고 모였다 흩어지는 온기일끼?") 사이에 배치하여 햇살과 온기로 따스하게 감싸안고 있다. 화자가 아이와 함께 앉아 있는 시(「옆에 앉는 산」)에서도 햇살은 "산"과 함께 그들 곁에 조용히 내려앉고 있다. 이처럼 시인의 마음에 깃든 인간에 대한 희망은 모종의 불가능과 맞닿아 있는 자리에서도 늘 빛으

로 감지된다. 그래서 「환한 어둠 속으로 난 길」에서
는 어둠조차도 "환한 어둠"이 된다. 부러진 전나무
의 속을 기다랗게 채우고 있는 그 "어둠"은 아버지
를 떠올리며 화자의 의식을 관통하여 자신의 아이
에게까지 뻗어가는 길이 된다. "속이 빈 전나무는
가보지 않은 어둠 속으로 길을 내고는 사라질 것이
다. 내 아이도 언젠가 부러진 전나무를 하얗게 떠올
릴 것이다." 전나무는 좌절의 모습으로 드러나고
있지만, "하얗게"라는 부사를 통해 다음 세대로 이
어지는 희망의 빛 속에 안치되고 있다. 이러한 마음
이 "측백나무 전나무 숲 뒤/불어오는 바람 타고 간
간 나무 냄새/휠체어 탄 어머니와 앉아 있다/바람
길게 불면 오래된 엄마 냄새"(「담 너머」)에서처럼 바
람에 실려오는 냄새로 환기될 때에는 평소에는 감
지하거나 말할 수 없었던 육친의 정을 짙게 풍긴다.
이렇게 가까워진 느낌 속에서 화자는 어머니의 현
재와 미래까지 내다볼 수 있는 마음을 지니게 된다.
"어머니, 아득하게 가까이 다가왔다/기억을 지우시
는 어머니,/노을에 쌓여/(담 너머로 나갈 수 없구
나)//담을 벗어나면/색색 꽃이 구름 같을까". 여기
에서 "담"은 두 겹의 의미를 함축하고 있다. 그것은
어머니를 젊은이들의 세상으로부터 유폐시키고 있

지만, 그것을 넘어가는 것은 저세상으로 이어질 수 밖에 없다. 이 시에서도 화자는 한줄기의 빛으로 어머니의 미래를 "색색 꽃"으로 물들이고 있다.

　손필영의 인간에 대한 관심은 육친에 머물지 않고 자신과 직접적인 관련이 없는 옛사람들이나 그냥 스쳐 지났을 사람들에게까지 번져가며 그들을 아련한 그리움으로 감싸안는다. 이를테면, '바우덕이'는 우리들에게 제도권 밖에서 떠돈 여성성의 기표로 여겨지고 있지만, 「바우덕이 무덤」에서 그녀는 "이 땅의 여자"와 "기예"와 "가난"에 대해서는 아무 말도 하지 않고, "냇가 조그마한 언덕에" 고요히 잠들어 있다. 시인은 저 혼자 피었다가 사라지는 "흰 싸리"로 그녀 또는 자신의 마음을 살짝 내비칠 뿐이다. 이처럼 시인은 바우덕이를 과잉 해석의 함정에 빠뜨리지 않고 그녀의 마음이 물과 함께 고요히 흘러가게 한다. 그런가 하면, 달밤에 본 암각화에 대한 느낌이 환상적으로 번지고 있는 「오래된 사람」에서도 시인은 암각회 속의 인물이 바위에서 걸어나와 나무와 화자에게 미묘한 변화를 일으키는 장면을 통해 "오래된 사람"을 마음 깊이 품어 안고 있다. "동그라미 돌아 오르고 네모 속에서 누가 나 가옵니다. 그 사람은 나무에서 바람 풀어내고, 나무에서 정적을 풀어냅니다. 그 사람이 다가올수록 나에게서 오래된 사람만 남습니다.” 이 “오래된 사람만”은 아마 암각화 속의 그 사람처럼 장구한 시간의 마모 작용에도 지워지지 않을 사람일 것이다. 구체적인 인물이 아닐 수도 있는 그 사람은 화자에게 가없는 그리움의 표상으로 끊임없이 다가오고 있다. 「물」에서도 화자는 “밤안개”에 싸인 물가를 배경으로 누군가 다가오고 있는 것 같은 환각에 빠져든다. “어둠도 환해졌다 어두워집니다, 누가 다가오는 것일까요?” 이렇게 화자는 스스로 묻고, 인사를 건네고, 그 사람과 마주쳤을지 모르는 장소들—한탄강, 암사동, 검룡소, 고목샘—을 그 사람에게 묻고 있다. 물내를 맡으며 밤안개 속에서 홀로 속삭이는 화자는 가눌 수 없는 그리움에 지쳐 있다. 쉼표로 마무리되는 이 시의 마지막 문장에서 화자가 풀잎에 맺히는 물기에서 “당신”을 감지하고 있는 것을 보면, 그 사람은 이미 존재하지 않거나 만날 수 없는 사람일 것이다.

그러나 이 ‘그리움’의 표상들은 낭만적인 갈망의 대상과는 거리가 멀다. 그것은 오히려 온갖 피조물들이 죽임을 당하거나 찢기고 지워지는, 그래서 구체적인 이름으로 불러낼 수조차 없는, 그렇게 아무

것도 아닌 존재들이 끊임없이 재생산되고 있는 우리의 현실에서 비롯되고 있다. 우리는 그러한 존재들을 애써 외면하면서 일상의 안일에 파묻혀 있다. 시인은 「이 평온한 저녁에」에서 그러한 현실의 단면 하나를 우리의 일상에 맞세운다. 어느 날 저녁 포클레인이 구덩이를 파고, 그 속으로 아직 숨이 끊기지 않은 개들이 "쓰레기처럼 떨어진다". 우리의 "평온"은 이 잔혹한 시간 속에서 흘러간다. 그 범죄적 시간의 저녁과 아침을 다 지켜보고 나서, 화자는 이렇게 말한다. "얼음은 녹아내리고 속살거리는 공기는 무겁다." 이 한 문장은 그 참혹한 시간을 무겁고 길게 이끌며 어떤 소설의 한 장면을 끌어당긴다. "도시는 매일 새로워지면서 단 하나의 결정적인 형태로 스스로를 완전히 보존해나갑니다. 바로 그저께의, 그리고 매달, 매년, 십 년 전의 쓰레기들 위에 쌓이는 어제의 쓰레기 더미 형태로 말입니다."[3] 그러니 "이 평온한 저녁" 시간은 우리의 일상을 지속시키고 있는 시간의 한 토막일 뿐이다.

쓰레기가 될 운명에 처해 있는 것은 물건들과 동물들만이 아니다. 인간도 그것들과는 다른 방식으로 쓰레기가 되고 있다. 시인은 「무너지는 무릎」의 비

---

3) 이탈로 칼비노, 이현경 옮김, 『쓰레기가 되는 삶들』, 민음사, 2007, 149쪽.

오는 거리에서 고개 숙인 한 사내의 모습을 통해 우리 시대의 굴욕을 극적으로 드러내고 있다. 이 시의 부제("2008년 가을")가 드러내는 시간적 지표는 하나의 사건이 일어난 특정한 시간대를 나타내면서 동시에 그러한 삶의 방식이 일상화되어 있다는 사실까지 함축하고 있다. 화자는 차들이 길게 늘어선 대로를 향해 "절을 하는 남자"의 모습에서 "무너지는 무릎"을 떠올린다. 그 사람이 드러내는 굴욕의 모습은 본성의 박탈과 결핍의 결과이기에, 빗소리조차 "추적추적(秋寂推寂)"으로 표기된다. 이 빗소리에서 쓸쓸하게 감지되는 강박은 그 사람 자신이 선택한 것이 아닐 뿐만 아니라, 다양한 방식으로 이 지구 상에 편재해 있다. 시인은 '파푸아뉴기니'와 관련된 세 편의 시에서도 '파라다이스' 여야 마땅한 그곳의 천만 가지 물상들을 '극락조(bird of paradise)'라는 이름의 꽃의 "박제"로 압축하여 본성의 상실을 드러내거나 맨발로 다니는 그곳 사람들이 '부아이'라는 마약 성분의 열매를 씹으며 배고픔을 달래는 것을 통해 인간적 조건의 박탈을 아프게 드러내고 있다.

이러한 결핍의 반대편에는 타자들을 박탈하면서 물질적 풍요를 누리는 자들의 세계가 있을 것이다. 시인은 거대한 제국을 건설하고 지상의 영화를 마음껏 뽐내었던 로마의 유적과 유물들을 살피면서, 그러한 모순이 과거 또는 현재의 삶의 방식에 미만해 있음을 극적인 대비 속에 드러내면서, 그 질곡에서 벗어날 수 있는 길까지 치열하게 사유하고 있다.

1. 도미틸라 카타콤베

캄캄하다, 빛보다 냄새를 따라가야 내려갈 수 있다. 몸을 좁혀 지나가는 통로 양 벽면마다 층층 4단, 5단 묘혈이 이어져 흐른다. 통로 끝에는 크고 작은 묘혈로 가득 찬 가족실. 꺾이면서 아래로 내려갈수록 더 좁은 통로, 그 좁은 길 출렁이는, 콜로세움을 흔들었던 환호 따라 슬픔이 환희로 맺힌 흔적들. 한겨울 새벽보다 싸늘한 기운에 온몸 습기 빨려 나간다. 구불구불 삼백 킬로미터. 삼십만 명이 누웠던 묘혈은 냄새만 남았다, 물고기가 비둘기 된 걸까?

은단 냄새 같은 향기
날숨 들숨 따라 드나들다
심장 소리보다 빨리 흩어진다

길, 이 길 밑바닥부터 묘혈 주인들이 손을 잡고 늘어

선다면 햇빛 앞에 나설 수 있을까? 그들은 지름길로
뛰어간 걸까? 그대와 내가 그림자 벗고 되비추일 때에
야 비로소 그들은 온전한 빛이 되는 걸까?

넝쿨진 나팔꽃 옆에 작은 새털구름 두어 개 발을 내
딛는다.

2. 로마 국립박물관에서

호박 귀걸이
황금 목걸이 머리띠
화려한 꽃무늬 대리석 석관

아름다운 조각
2000년 전
아니 그보다 더 오래
홀릴 듯한 자태 그대로의 미소

얼마나 아름다우면 위로가 될까요?
당신을? 우리를?

이곳의 양식(樣式)은 죽음입니다
우리는 곧 죽음의 양식(糧食)입니다

3. 화폐박물관에서

황금으로 은으로 동으로 찍어내는 화폐 판에
나무 열매처럼 주렁주렁 달린 금전, 은전, 동전
흰 벽에 스치는

나무 끝에 고통도 굶주림도 매어 달렸다
비밀도 암투도

나무 열매처럼
사람머리들도 달렸다

흰 벽에 가지들
뒤집어본다
밖으로 나와,

달리는
버스에 내미는 아이 머리들마다

나무를 달고 있다, 푸른 이파리 스치며

새털구름 발 거두고 날아오른다
—「심장보다 빨리」 전문

이 시에는 로마의 세 가지 풍경이 들어 있다. ‘1’과 ‘2’는 지하와 지상에서 서로 상반되는 존재 방식을, ‘3’은 욕망의 물질적 상징물들을 통해 ‘1’과 ‘2’ 사이의 모순적 관계 속에 그 나름의 필연성이 내재해 있다는 사실을 멀리에서 조명한다. ‘1’에서 화자는 카타콤베로 들어가면서 "캄캄하다, 빛보다 냄새를 따라가야 내려갈 수 있다"고 말한다. 이 말은 시각적 현상에 현혹되지 말고 물질적 환기력을 지닌 냄새로써 그곳의 실재(實在)를 감지하라고 권유하는 듯하다. "향기", 그곳에 묻힌 사람들의 뼈의 주성분인 인(燐)의 냄새를 맡는다는 것은 그들의 몸을 이루었던 원소를 흡입하는 것과 다르지 않기에, 코끝을 살짝 스치고 "심장 소리보다 빨리 흩어"지는 그것은 중요할 수밖에 없다. 이러한 물질적 환기력으로 인해 화자는 "콜로세움을 흔들었던 환호"를 떠올리고, 그 환호에 출렁였던 묘혈들이 "슬픔이 환희로 맺힌 흔적들"이라는 생각으로까지 비약하게

된다. 이 "슬픔"과 "환희" 사이에는 "물고기"로 표
상되는 믿음의 힘이 작동하고 있으며, 그것은 화자
의 마음속에 하나의 구체적 장면으로 현시된다.
"이 길 밑바닥부터 묘혈 주인들이 손을 잡고 늘어
선다면 햇빛 앞에 나설 수 있을까?" 총길이 삼백 킬
로미터에 달하는 그 굴속에 삼십만 명이 누워 있다
는 사실이 이러한 상상을 가능케 한 것이다. 그러나
이 "햇빛"은 바깥세상에 충만해 있는 햇빛이 아니
다. 잇따라 나오는 두 개의 의문형 문장들("그들은
지름길로 뛰어간 걸까? 그대와 내가 그림자 벗고 되비
추일 때에야 비로소 그들은 온전한 빛이 되는 걸까?")
이 암시하고 있듯이, 그것은 묘혈의 주인들이 염원
했던 절대자와 사람들 사이의 진정한 소통을 지시
한다. 그들은 자신들의 "지름길"(믿음)을 통해 이미
햇빛(절대자) 앞에 나섰을 수도 있지만, 화자가 마음
에 품고 있는 것은 우리들 자신이 서로를 되비칠 때
지하로 내몰린 사람들은 "온전한 빛"이 될 수 있다
는 것이다. 이러한 화자의 마음은 "넝쿨진 나팔꽃
옆에 작은 새털구름 두어 개 발을 내딛는다"에서
하나의 자연현상으로 눈부시게 표출되고 있다. 이
처럼 화자는 과거에 희생된 자들의 영혼을 구원할
수 있는 것은 우리들 자신의 마음이라고 여기고 있

다. 이러한 생각은 "과거는 구원을 기다리고 있는 어떤 은밀한 목록을 함께 간직하고 있다"[4]고 한 벤야민의 생각과도 유사하다. 그러나 로마의 두 박물관이 보여주는 것은 당대인들의 헛된 영화의 상징물들일 뿐이기에, 화자가 거기에서 보는 것은 죽음의 양식(樣式) 또는 양식(糧食)―"이곳의 양식(樣式)은 죽음입니다/우리는 곧 죽음의 양식(糧食)입니다"―일 뿐이다. 시인은 이 한 쌍의 동음이의어를 통해 지상의 삶이 빚어낸 죽음의 양면성을 명징하게 부각하면서도 거기에 한줄기 희망의 빛을 투사한다. 그는 마지막 두 연("달리는/버스에 내미는 아이 머리들마다/나무를 달고 있다, 푸른 이파리 스치며//새털구름 발 거두고 날아오른다")에서 "아이"와 날아오르는 "새털구름"을 통해 자신의 소망을 눈부신 이미지로 드러내고 있다.

구체적인 시공간을 배경으로 삼고 있는 손필영의 시들은 가상 세계에서 범람하는 헛된 욕망과 정보들에 휩쓸리지 않는 고전적 정신성과 견결함을 지니고 있다. 그래서 그의 시들은 신대철이 "시의 무

---

4) 발터 벤야민, 반성완 편역, 「역사철학 테제」, 『발터 벤야민의 문예이론』, 민음사, 1983, 344쪽.

대"[5]라고 부른 상황적 공간을 앞부분에 배치할 때
가 많다. 그것은 물론 연극 무대처럼 고정된 공간이
아니라 시적 주체 앞에 나타나는 현상들의 동적인
시공간이며, 첫 연보다는 두 번째 연에 나올 때가
많다. 그럴 경우, 첫 연과 끝 연은 마치 두 개의 전
극처럼 그 사이에 놓인 현상들의 나타남과 그 변주
들에 강력한 시적 에너지를 흘려보내며 뜻깊은 의
미론적 자장을 빚어낸다. 화자의 감각과 의식이 그
시공간을 통과하는 동안 자연과 인간은 아직까지
존재한 적이 없는 새로운 가능성을 품게 된다. 이런
점에서 손필영이 빚어내는 "시의 무대"는 감각·사
유의 시공간적 배경이자 질료이며, 시적 주체가 새
로운 존재로 거듭날 수 있는 생성적 공간이다. 물질
적·시간적 이미지들로 충만해 있는 그것은 때로는
화자가 자신의 몸까지 잊어버리게 할 만큼 능동적
기운을 뿜어내기도 한다. 시인의 감수성에 매개되
면서 빛과 존재의 향기를 발산하게 되는 그것은 자
연적 사물들이나 생명체들에게 박탈된 본성을 되돌
려주면서 우리들에게 포스트모던적 징후들과 맞설
수 있는 심성적 바탕을 제공한다. 이와 함께 시인의
감성으로 매개된 자연과 "오래된 사람"에 깃는 장

---

5) 신대철, 「영혼과 기억」, 손필영, 『빛을 기억하라고?』, 빗방울화석, 2008.

구한 시간성은 하루가 다르게 변화하는 세계 속에
서 부유하는 생령들이 닻을 내릴 수 있는 풍부한 물
질성을 함축하고 있다. 이처럼 손필영의 "어디 먼
곳"에 대한 지향은 우주적 순환을 거쳐 자연과 인
간이 함께 고양될 수 있는 새로운 가능성의 세계,
또는 우리의 내면에 웅크리고 있는 유년을 환한 빛
속에 드러내는 쪽으로 끊임없이 나아가고 있다.

(황광수 | 문학평론가)

빗방울화석 시선 4

타이하르 촐로

초판 1쇄 인쇄 2012년 2월 20일
초판 1쇄 발행 2012년 3월 5일

지은이 손필영
펴낸이 조재형

펴낸곳 도서출판 빗방울화석
주소 경기도 파주시 교하읍 문발리 파주출판도시 535-7
전화 031-955-4417   팩스 031-955-4418
전자우편 raindrop_1@naver.com
블로그 http://blog.naver.com/raindrop_1

등록 2004년 12월 13일(제300-2006-188호)